www.ingramcontent.com/pod-product-compliance
Lightning Source LLC
Chambersburg PA
CBHW021154160726
47994CB00001B/208

دم
على نهد

إبراهيم عيسى

دم على نهد

الكرمة

إهداء

إلى العظيم الراحل
صالح مرسي..
لا كلمات تكفي
فقد نَفِدَت
ونَفِدَ البحر.

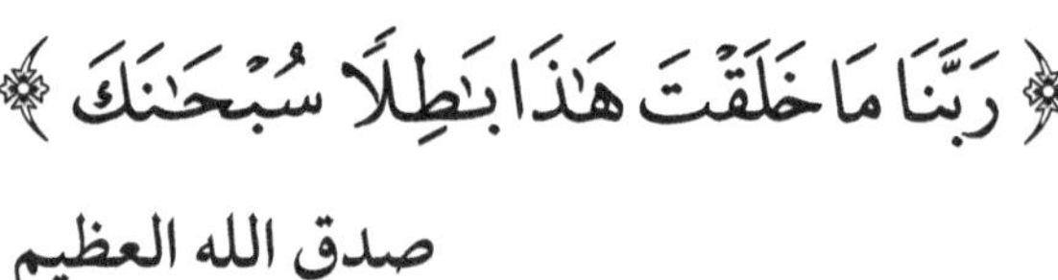

﴿ رَبَّنَا مَا خَلَقْتَ هَٰذَا بَاطِلًا سُبْحَانَكَ ﴾

صدق الله العظيم

افتتاحية

بينهما منضدة صغيرة، عليها قماش نزعَته بيدها بعيدًا، وأوراقُها وقلم حبر بين أصابعها، وجهاز كاسيت صغير، وشريطان في حقيبتها، وهي تلف بإصبعها القلم في دوائر كاملة قلقًا وتوترًا. مد يده مرتجفة قليلًا، ارتجافًا لا تلحظه إلا عينا امرأة تحدق في تصرفات رجل، لمسها فذُعرت وارتجفت وارتدَّت تشعر بالمفاجأة.. على المكتب في آخر الغرفة انتبه الصول الجالس بشاربه الكث:

ـ فيه حاجة يا أستاذة؟

عيناه امتلأتا بالثقة والقوة واللامبالاة، وقال لها بثبات شديد:

ـ لم أقصد شيئًا، هذه الحركة العصبية تُضايقني فقط، أرجوكِ يا أستاذة مي توقَّفي عن حركتكِ بالقلم.

صدَّقته ببساطة، والتفتت إلى الصول:

ـ لا تقلق يا حضرة الصول.

كأن الصول كان يريد هذه الجملة ليهدأ ويعود إلى ضحكات سريعة مؤقتة.

ـ لم تقل لي يا محمود...

قاطعها:

ـ لماذا أصبحت أنا، محمود حلمي، سفَّاحًا؟! لقد سئمت السؤال يا أستاذة.. سألوني لمدة عام كامل نفس السؤال، البوليس والنيابة والصحافة والتلفزيون وبرامج الإذاعة، الإخصائيون النفسيون، الكل سألني، ولم يعُد بداخلي سنتيمتر يكفي للإجابة عنه.

عادت مي تلملم أوراقها، وعادت برأسها إلى الخلف، ورفعت نظارتها وابتسمت ابتسامة خرقت المجال الفاصل بين حدودهما. كانت تستريح من هَم وعبء الأسئلة المزدحمة في داخلها، وكان هو لأول مرة يرى ابتسامة هنا بعد عام من السجن، وربما كان يرى هذه الابتسامة لأول مرة منذ سنوات طويلة، ربما منذ ولدته أمه عاريًا وصارخًا ومصحوبًا بدم فاسد أحمر قانٍ.

إذا جاز لنا أن نصف ابتسامة مي الجبالي فهي تمثل نصف مبررات الحياة كي يعيش قاتلٌ، لكن من المؤكد بنظرة موضوعية خالصة أن محمود حلمي المحكوم عليه بالإعدام لم يكن أمامه إلا أن تنقلب حياته بعد هذه الابتسامة؛ براءتها، بكارتها، كأنها أول ابتسامة تفلت من شفتين في الوجود، تفرُّدها كأنها ابتسامة

مفصلة لك خصيصًا، ممنوحة لعينيك في برق لحظة! اهتز تمامًا.. وفقط.. بدأت أشياء غامضة تتراكم داخله وتزدحم وتنفعل وتتفاعل.. وانكشفت كل حصونه، اقترب من الكاسيت أكثر، كأنه يُدلي بتصريح فوري لوكالات الأنباء:

ـ تِعرَفي؟ أنا قلبي حجر صوان صلد، يعني لو شَقيتِ (رسم بإصبعه طريقة سريعة ومحترفة لشقٍّ بطيخة) هنا فلن تجدي قلبًا.. ساعات والله العظيم أحس إن ربنا بعت حد بالليل (لماذا بالليل تحديدًا؟) وفك صواميل قلبي كلها.. خلعها ومشى.

وضعت القلم في فمها فصدر صوتها مبلولًا بلعاب ما:

ـ لا يوجد أحد بلا قلب يا محمود. صلاح جاهين قال: «قلبي رميته وجِبت غيره حجر.. داب الحجر ورجعت قلبي رقيق».

في غمرة بلاهة انطلق صوت عالٍ ممزوج بضحكة متقطعة:

ـ عجبي!

فزعت، وقام الصول من غفلته، ثم عاد لما ألقى نظرة فوجد سكونًا تامًّا في تلك المنضدة التي بلاه الله بها منذ صبيحة هذا اليوم... استدعاه الضابط منذ يومين وأمره بإعداد غرفة النبطشي القديمة وتجهيزها (مروحة ومنضدة ومقعدان)، إذ ستحضر صحفية إلى السجن كل أسبوع لتقابل السفّاح محمود حلمي لتعمل معه كتابًا. اندهش. هذه هي المرَّة الأولى التي يسمع فيها

حكاية الكتب. كل يوم أو يومين يأتي صحفي أو صحفية لعمل حوار أو تحقيق لجورنال من داخل السجن، ويقعد في مكتب مأمور السجن، ونحضر له مَن يريد، أما حكاية كل أسبوع، وكتاب، وصحفية، ومحمود حلمي، فصعبة قليلًا. لكن متى كانت له أي كلمة في هذا المكان؟ ثم إن الولد محمود حلمي غريب وشرس وابن حرام، لا يملك قلبًا، وليست عنده أي مشكلة في أن يحطم ذراع أي حارس في السجن، ثم يدفع له مائة جنيه تعويضًا! كيف تأتيه هذه الشجاعة؟! ومن أين تأتيه كل هذه الفلوس؟! غريب وغامض، والكل يخشاه ويخافه، والله العظيم حتى المأمور يعامله معاملة مختلفة، لم يرها مع أي سجين آخر، ثم هذا محمود حلمي المُعدم رسميًّا، سيقتلونه، سيقتلونه رغم أنه أحيانًا يسمعه فجأة صارخًا وسط فناء السجن حيث الهدوء والصمت وكل واحد في حاله، وحيث لا أحد يقدر على إسكاته، يصرخ وهو واقف وحده مرتجفًا برعشة تسري في عضلاته وأعضائه:

ـ لن يعدموني يا كلاب!

فيه حاجة مع هذا الرجل.. رجل إيه؟ واد عمره ٢٧ عامًا لا راح ولا جاء.. لكن ماذا تفعل؟

ـ حضرتك جميلة قوي!

بوغتت مي بهذه الجملة التي بدت تخرج بصعوبة من فم محمود، بصعوبة وبسرعة معًا.. كأنه يتخلص منها. لم تبتسم

ولم ترد ولم تصد. حاولت أن تعطي كلامها بعض الحزم، وقليلًا من الصرامة (فشلت لكنها واصلت):

ـ اسمع يا محمود، هذه الجلسات لا أنا ولا أنت مُجبران عليها. أنا أريد كتابًا، لكن ليس على حساب أعصابي، وأنت تريد استراحة من جو السجن، ووافقتَ على الكتابة، فرصة للحياة قليلًا بعيدًا عن السجن والسجَّان. أنا أكيد مهتمة بشخصيتك، وأريد أن أعرف أكثر، وأريد أن يعرف الناس والأطباء والإخصائيون والقُرَّاء أكثر عنك؛ حتى نستطيع أن نكشف هذا العالم الذي نسمع عنه ونراه أحيانًا، لكن لا ندخل في أعماقه أبدًا.

وضع كفيه على بطنه كأنه يقاوم ألمًا:

ـ تريدين الدخول إلى أعماقي؟ أي! أي!

واصلتْ مخافة الضَّعف:

ـ محمود، بَطَّل تفاهة! اليوم ممكن تكون أول وآخر مقابلة.. لا تعرف أنت كيف عانيت للحصول على تصريح لقائك أسبوعيًّا وبعيدًا عن الزيارات الرسمية، ثم أنت قعدت أسبوعين على ما تجاوب وتوافق، إذا كنت تريد التهريج وتريح الأعصاب، فالكل حذَّرني من ذلك، قالوا لي لسنا في أمريكا.. ولن يُحدِّثكِ عن شيء، سيضحك عليكِ...

قاطعها وهو يضع إصبعه على أنفه الكبير الذي يظهر عليه قَطع مخيط بأكثر من غرزة قديمة:

ـ أنا شفتك قبل اليوم، أليس كذلك؟ رأيتِكِ، صح؟ أيام القضية.. ولَّا لَما قبضوا عليَّ؟ أنا أعرفك وشُفتك.

سحبت دهشتها داخلها، ونظرت في عينيه مستعيدة جرأتها:

ـ ذاكرة قوية.. ولَّا استهبال على الآخر؟

ضحك ضحكة مخنوقة:

ـ لا، ذاكرة قوية.

«صح.. رأيتُك ورأيتَني من قبل، بعد يومين من القبض عليك. التقتكَ زميلتي في المجلة وكنت أنا معها؛ كانت خائفة وفي حاجة إلى رفيقة، ذهبت معها، يومها كانت كل ملامحك مدغدَغة، الدم الناشف فوق وجهك، وأنفك مقطعًا، والسلاسل في يديك وقدميك. قعدنا معك سبع دقائق في المديرية، ولم توجه نظرًا إليَّ، ولا إليها، واضعًا نظراتك في الأرض وصامتًا، كنت طوال الوقت تتكلم كلمة أو اثنتين وتسكت.. لغاية ما صورك المصور فرفعت رأسك ونظرت إليه بقوة كأنك تخاطب الناس بعينيك، كأنك تريد أن تنظر في أعين الملايين الذين سيرون الصورة، أو إنك عايز توجِّه نظرك إلى أحد بعينه وتريد أن تنظر في عينيه بقوة وتوجِّه إليه كل ما لديك من لغة، نظرات مليئة بالوعد والوعيد والكلام والحزن والتهديد والرقة. يومها قررتُ أنك مهم، وأن شيئًا ما داخلك، خرجت أنا وزميلتي، هي قرفانة مذهولة ومندهشة من نفسها، لأنها جلست مع سفَّاح قتل ثمانية في فندق، وأنا بُحت لها بتعاطفي

معك. اتهمتني بالوحشية وبالإعجاب بالقتلة وبالخلل النفسي وبظروف الخروج من الطلاق، لكن.. لكن.. ماذا أقول؟».

كل هذا الكلام الذي قالته مي الجبالي قالته لنفسها لا لمحمود حلمي الجالس أمامها منتظرًا أي إجابة.. قالته ودفسته ودفنته داخلها، لا تعرف ما الذي يمكن أن تفهمه هي نفسها.. ماذا يمكن أن يخرج ذهنها به من هذا الكلام.. فما بالك لو سمعه محمود حلمي!

كأن وحيًا جاء فجأة:

ـ اسمع.. تريد أن نكمل؟ فلا غزل تافهًا! ولا محاولات عيال لجذب الانتباه! ولا كذب!

هكذا قالت بلا مواربة وبسرعة، كأنها تملي شروط هذه الحرب، فأجابها خاطفًا الكلام من فمها:

ـ ولا أريد شروطًا منك، ولا تحاولي إعادة تربيتي، ولا أريد أن أسمع أحكامًا على تصرفاتي؛ فأحكام القضاء العادل النزيه تكفيني.

١

تخطو في الممر الطويل المقبِض، الذي يطل على بضعة أعشاب وأشجار هشة وتافهة في أحواش صغيرة، وهواء ثقيل لا يقل غموضًا عن المكان كله، يطبق على الأنفاس، يدهس الصدر في قسوة لا يفتقر إليها السجن إطلاقًا. نعم.. نحن في السجن، فما الذي تنتظره مي الجبالي وهي تمشي من غرفة المأمور خلف ضابط يصحب جنديين للحراسة؟ الآن يقفان خلف النافذة الطويلة حتى السقف بقضبان رفيعة صلبة. يظهر الجنديان وقد وقفا وحدَّقا في الغرفة، حيث وُضعت المنضدة في المكان الصالح لمراقبتهما. لا تعرف مي هل يحدق الجنديان إلى تحركات محمود حلمي مخافة إيماءة غامضة أو حركة مدبرة أو ضربة خاطفة أو محاولات هرب، أم يحدقان حينًا إلى ظهرها وقد بان خط رفيع لحمالة صدرها تحت القميص (المرَّة القادمة سترتدي شيئًا ثقيلًا وغامقًا)، أم أنهما بعطش تحسه في حلق بعض

١٧

الرجال يُمعنان النظر في بياض ظهر ساقيها أسفل الجيبة (التي اعتقدت أنها طويلة، والمرَّة القادمة قد تطول أكثر).

لماذا مر هذا الخيط الدقيق من اندلاع الشهوة في صدرها؟ لعلها اختلاطات الخوف بالشك بالرغبة، لعله إحساسها بافتقاد حسن السيسي!

ما الذي أتى بها إلى هنا؟! تسألني أم تسأل نفسها؟! أم هان عليها أن تسأل السفَّاح الماثل أمامها في ثقة وكبرياء لا شك فيهما، ولا شك في أنهما مصنوعان تمامًا؟ خدعة الضعف الإنساني الفجة، حين يتظاهر بالقوة ليتحايل على هذا الضعف المهروس في النفوس.

مي الجبالي هنا فعلًا من أجل الفكرة البديعة التي ائتمنها عليها حسين!

ـ أنتِ معجبة جدًّا بهذا الشاب السفَّاح يا مي.

اندلعت في داخلها نار لهيبة:

ـ ماذا تقول؟! أجُننت يا حسين؟!

تدارك الموقف بسرعة وطرق بسن القلم على سطح المكتب:

ـ حوادث هذا السفَّاح انتهت منذ أن صدر قرار بإعدامه منذ شهور، وما زلتِ تتحدثين عنه، حسنًا، اعملي معه حوارًا. لا، الحوار قد يُعقد حياتي أنا، فسوف تعودين أكثر انبهارًا واختلاطًا، اللقاء العابر الوحيد برجل تُعجبين به أساسًا قد يحوله لديكِ إلى عاشق يستحق هذا الوله البله.

أعرف أن الحالة والغموض هما سر اهتمامك به، حسنًا، اذهبي واعرفي ودققي وابحثي في حياته عن سره.. فرصة تخرجين إلى العالم المتمرد على المثاليات والرومانتيكيات التي ترفضين وجوهًا تحبها، وشخوصًا تلتزم بها كل يوم. هل تشعرين بالملل يا سيدتي؟ هل زهقتِ من زمالتي، من طلاقك، من ثراء علاقتكِ الجديدة؟ خلاص.. اذهبي والتقي السفَّاحين.. بالسفَّاح محمود حلمي، قاتل الثمانية، ولا مانع عندي من أن تكوني التاسعة.. هل أُقدِّم لكِ مبررًا لا تحلمين بمنطقيته؟ اذهبي واعملي عنه كتابًا انشريه أولًا حلقات في الصحف، ثم كتابًا لأول مرة في مصر، وسيكون كتابًا لامعًا، وسيبيع عدة طبعات. إن أسلوبكِ هو أجمل أسلوب كتَبَتْ به امرأة في مصر.

تعرف مي، تدرك تمامًا، واثقة كلية، ورغم هذا سألته:

ـ حسين، ما سر هذه العُدوانية؟

خبط على المكتب وقام وجلس، ثم مال على ذراعه اليمنى، ثم قام، ثم وضع ذراعيه في وسطه، ثم جلس، ثم قال:

ـ ألن تكُفِّي عن الاستهبال يا مي؟! لأنني أُحبكِ، أموت فيكِ حُبًّا. لأنني الآن أتمنى أن أكون السفَّاح محمود حلمي.

حاولت وحوَّلت الحوار إلى مداعبة ودعاية:

ـ لكن أنت متزوج يا حسين!

ثم أردفت:

ـ متزوج بالصحافة.

أدرك أنها قصة مكررة، فقال لها بشكل رسمي جديد عليه جاء فيه:

ـ عندما يخلو العالم من الرجال ومن الأمان، سوف تأتين تطلبين نصيحتي، وسأمنحها لكِ يا مي، لكن ستكون نفس اللحظة هي لحظة انتقامي.. هذا ما يُعزيني.

وضعوا المنضدة منذ فترة ودخل ـ زيادة في الحرص ـ الصول عبد المجيد يجلس إلى المكتب المجاور كي يراقب ويطمئن، وتمم الضابط على وجود كل شيء في مكانه، أشار إلى الجنديين في الخارج، وربت على كتف الصول عبد المجيد، وحرك بنفسه المنضدة قليلًا حتى تظهر كاملة من خلال قضبان النافذة، وابتسم لمي، وطلب منها أن تضبط المقعد الجالسة عليه عند مسافة معينة:

ـ آه. هنا بالضبط.

ثم اتجه إلى الباب، ثم عاد مرة أخرى:

ـ هل تُحبين أن يجلس معكِ وهو مغلول بالأساور الحديدية؟

أومأت شاكرة له نشاطه واقتراحه:

ـ أظن أنه وافق على الكتاب بشرط أن يكون حُرًّا بلا قيود في الجلسات معه.

في حسم صرخ الضابط:

ـ هل تُصدِّقين هذا الكلام؟ ما صدق محمود حلمي، ستعرفين

بنفسك أن لديه رغبة في الشهرة، جنون عظمة، ثم إنه لما عرف أنكِ سيدة... لا أعرف من أين عرف أنكِ جميلة (بعد بُرهة وبعد نظرة للصول عبد المجيد كسرت عينه) جدًّا.. وافق فورًا.. هل تريدين نصيحتي؟

أكثر ما كانت تريده الآن مي ألّا تسمعها، ولكنها قالت بابتسامة واهنة:

ـ طبعًا.

ـ ليتكِ تتراجعين عن فكرة الكتاب!

في وداعة هي أكثر سلاح تملكه مي في حياتها:

ـ دعنا نَرَ.

٢

لِماذا نرتبك؟ لماذا نتوتر من قرارات اتخذناها وأصررنا عليها ثم نعود لنفس الرعشة، الرجفة، التوتر، الإحساس بأن شيئًا يبقر البطن، يأكل الصدر؟ هذا الكم القابض المُقبض الذي كانت تشعر به مي الجبالي في لحظات الأسى، ليلة قرار الطلاق، اليوم الذي ذهبت فيه إلى حسن السيسي في منزله، نزلت بقدمها إلى أسفلت الشارع بعد أن رفعت زجاج نافذة السيارة في عجلة واستعجال.. أغلقت باب السيارة بمفتاحها الفضي وهي ترقب الشارع، مداخل البنايات، وجوه العابرين، أصناف السيارات، حتى أرقام اللوحات.. في غرابة وغربة مضت قدماها، تمعن النظر في شكل سيارة لعلها سيارة خالد، لونها أبيض، أرقامها آه... ليست تمامًا، مجرَّد تشابه أرقام «...». يا للوحل الزائف! إنه طليقها، لا شأن له بها الآن، تفعل ما تفعل، تعرف مَن تشاء، تمشي مع مَن تريد، وتنام مع مَن تحب، ما دخله؟ «وما دخلك يا مي؟».

«أما زلتِ تتعاملين على أنه رجلكِ والمسؤول عنكِ؟». ابتسمت وهي تغلق باب المصعد، «وهل كان خالد يغار عليكِ أبدًا؟». أخبرَته أنها شربت جرعات من كأس، ومضت إلى خارج الحفل قليلًا، فاندفع عبد المنعم الصوان، كان وجهه ممتلئًا حمرة كأنه سوف يتقيأ عليها رغبة وجموحًا، اقترب منها ومد يده فورًا بكل فظاظة ـ أكانت الفظاظة السبب في امتعاضها ورفضها؟ ـ وبحركة محترفة مد أصابعه إلى ما تحت قميصها. وفجأة كانت حلمتاها في كفيه يعصرهما.. انتفضت مي ودفعته إلى الخلف.. لم تسبه ولم تشتمه، لم تلعنه أو تفضحه.. هل لهذا السبب كان عبد المنعم يلتقيها في أي محفل، ندوة، أمسية، سهرة، ولديه من الطاقة ما يواجهها به كأن شيئًا لم يكن، كأن المشكلة في التعبير ولم تكن قطُّ في الرغبة، في الشعور؟ ذهبت إلى خالد وحكت له، فعذره بعُذره:

ـ أكيد كان شارب ومزوِّد يا مي.

ساعتها لم تغضب منه، لم تتهمه بأنه «تَيْس» مثلًا، بل العكس، شعرت بالراحة أن الموضوع لم يتطوَّر، كما أنها لم تتورط في أسئلة من نوع: «هل شجعتِهِ؟»، «لماذا أنتِ؟»، «لا تسهري في الخارج!»، «لا تشربي مع أصدقائك!»...! الأوامر التي طهقت منها في طفولتها لم تكن في حاجة إليها بعد هذا العمر.

ضغطت على الجرس، كان حسن في انتظارها، من المؤكد أنه رآها من النافذة، أو شاهدها من العين السحرية. كان بالروب مبتسمًا، وتحت شفتيه غمازة أو نُغزة، ولمعان في وجهه. أغلق

الباب بكفه اليسرى وأحاطها باليمنى، قبَّلها على خديها وهي راضية بعض الرضا، مرتبكة بعض الارتباك، عاد خطوة إلى الخلف، عبثت أصابعه في حزام الروب فانفك فإذا هو عارٍ تمامًا يتباهى بفحولته.

لم تكن المرة الأولى لها مع أحد غير زوجها (طليقها بمعنى أدق)، لم تكن المرة الأولى مع حسن، لكنه أظهر وحشية، وخبرة، واحترافًا، وأقل قدر ممكن من الحب. وكانت مُعجبة بالتجربة، بالمجرم حين ينفلت، وبالخبرة الوافدة تكشف فيها معنى امتزاج العرق مع الشهوانية مع البذاءة! والتحلل التام. خافت في لحظةٍ أن يشك حسن أنها محترفة، شرموطة مثلًا.

ثم في منتصف الصعود إلى النشوة قالت:

ـ وإيه يعني؟

استفهم حسن وهو يبتسم وينهج:

ـ إيه؟ بتقولي إيه يا حبيبتي؟

مدت ساقيها وسألت نفسها: هل هذا الجو المحموم من فحيح الجرائم والسفَّاحين والقبعات العسكرية والذكورة في أغبى صورها، هو الذي يدفعها إلى الذكريات تتوالى عليها من جانب حسي فقط؟ سألت نفسها ولم تُجب، كانت أقدام ثقيلة تأتي من خارج الغرفة، لعله هو، كتمت أنفاسها وبلعت ريقها ورسمت بسِنِ القلم دوائر، دوائر كثيرة تداخلت وتشابكت واختلطت كأنها تلفظ تعقدات دقيقة من رئة أيامها.

٣

صوت رزع الباب خلفه واضح وضوح هذا الحَر. قاده اثنان من ذراعيه، ويكاد يلتصق به ثالث في قفاه. البذلة الحمراء التي يرتديها ساطعة تمامًا في هذا الجو الخانق، والحَر اللزج، والهدوء المريب. كان يعلم أنه ليس موعد تنفيذ الحكم بالإعدام، لكنه موعد السيدة الصحفية. ابتسم رغمًا عنه، ربما تحوَّلت البسمة إلى ضحكة اختلجت معها قبضة الحارس على كتفه. هذه هي المرة الأولى التي يرى فيها امرأة بعد شهور طويلة. اكتفت مديحة بخطاب ثم برحيل، لم يغضب منها أو عليها، وخلت الأرض من النساء بعد ذلك. في سنواته الأخيرة لم تكن النساء في مقدمة اهتماماته، لكن ذكورته كانت تنقح عليه أحيانًا، فتنقلب الدنيا على دماغه. الآن في السجن، في الليالي الطويلة، منتظرًا وصبورًا وملولًا ومخنوقًا، لم يعُد يبذل جهدًا في ذكر النساء، لديه القدرة على نزع عضوه من

جسده وقتما يشاء. بل إن شيئًا من التقيؤ والقرف والغثيان كان يقتحم معدته عندما يرى السجناء الذين يأتيهم زملاؤهم من دُبُر. فُحش السجن الذي لا يتحمله مع ما جرى من فُحش في شريط الحياة التي داسها. طلب سيجارة من الحارس الذي جفل وارتجف، لكنه عاد كأنه يعتذر فقال:

ـ لا مؤاخذة يا عم محمود.. لا توجد معي سجائر.

أشعل يومها السيجارة، وانطلق حتى طرف فناء السجن، وجده هناك جالسًا وسط ستة أو سبعة من زملاء الزنزانة والعنبر، مال عليه مبتسمًا:

ـ فكري النتيعي؟

أومأ فكري في ابتسام ودخان مطرود من صدره مخلوط بالرهبة:

ـ أوُمر يا محمود بك.

ربت محمود على كتفه وساعديه في همس لم يلوث بسمته:

ـ إنت محكوم عليك في قضية اغتصاب بنت سِنها تسع سنين؟

أحس فكري غدرًا؛ كانت الجملة الأخيرة متهكمة، فصمت. أكمل محمود:

ـ هذه القضية التي حُكم عليك فيها، كم مرة عملتها وخرجت من غير لا حكم ولا قضية؟!

كان الصمت يسيطر على المكان، كثيرون من السجناء أخلوا أيديهم مما فيها، صمتوا وتجمَّعوا وترقَّبوا واستداروا وتأملوا

وتمعنوا وتساءلوا، دبيب خطو أقدام وغبار رمل منثور ودخان مختلط.. وكان فكري مرتبكًا ومتوترًا وهو يسأل محمود:

ـ فيه حاجة يا محمود بك؟ شُوقك يؤدي بك إلى شيء؟

أمسك محمود بعنقه في حركة مباغتة بقوة، بحقد، بغضب، بحنق، وفي لحظة كانت يده الأخرى تندس بين فخذي فكري. محمود كان سافرًا وساخرًا وهو يهدده:

ـ سوف أقطعه لك يا فكري! وتعالَ قابلني.

في صوت فحيح خفيف ارتفع مدويًا وهو يرفع في يديه فكري إلى أعلى، صرخ فيهم جميعًا:

ـ كله ياخد في اعتباره.. أحكام الاغتصاب كلها عندي.. ستطبَّق بمعرفتي، وبحكمي أنا.. وفيها دم من غير كلام. ومضى.

هل كان في نيته أن يفعل ذلك؟ هل كان مدفوعًا من زمن كي يحصل على حقوق النساء في المضاجعة الشريفة من غير اغتصاب ولا غصب؟ لا يعرف. ومتى عرفنا عن أنفسنا شيئًا؟ كل ما جرى بعد مزيد من الرهبة والخوف والترقب أن جاءه سجين حرامي غسيل، وقف أمامه وحكى:

ـ حرامي غسيل يا محمود بك.

ـ وانا مالي يا روح امك.

ـ أصل لا مؤاخذة سمعت التهديد النهارده، قلت ليس من الذي لا بد منه بُد.. قلت أعترف لك.

حلوة لعبة المحقق والقاضي والجلَّاد التي اتخذها لنفسه منذ صغره، أوَليس القاتل إلا جلادًا، يُنفذ حكم قاضٍ ليس إلا هو! سأله:

ـ تعترف بحاجة غير الغسيل؟

ـ لا.. هوَّ الغسيل بس.. لكن الحقيقة أصلي كنت باسرق ملابس الحريم فقط، الملابس الداخلية، لا مؤاخذة كلوت، كمبليزون، قميص نوم، اسمه إيه ده توب، حتى الكتَّافات الإسفنج، أطلع فوق السطح أو على أي بلكونة، أسحب اللبس وعلى البيت ألزق ورقة على كل قطعة: لباس فلانة الفلانية اليوم الفلاني، سوتيان، قميص نوم، كله مرتب ومنظم وفي مطرحه، متحف يملأ البيت كله، وكنت أقعد أتفرج على النسوان وبعدها على اللبس، وأحس كأني عرِّيتهم قدامي، أرجع للمتحف، وأخرج بالقطعة، وأ... كفاية يا محمود بك، أنا قلت ما بداخلي كله.. عايز ضميري يرتاح قدامك.

رنة الضحك التي اندلعت في صدره بقيت معه طيلة النهار وبقايا الليل، لم يمنع نفسه من التعاطف مع الرجل المسكين، وأخذ يدقق في ملامحه، كان منظره قَطعًا لا يوحي بأي إغراء للنساء، فضلًا عن غواية النساء اللاتي يريدهن؛ جيرانه ونسوان زملائه، كما أنه لم يكن من القوة والجرأة والسفالة بحيث يغتصب واحدة، فاخترع هذه الطريقة.

ياه!! إذن ماذا لو رأى هو نفسه محمود حلمي الملابس الداخلية للصحفية القادمة إليه اليوم؟ طبعًا ملابس راقية ونظيفة ودانتيلا! هل هي متزوجة؟ هل نامت مع أحد من قبل؟ هل خلعت ملابسها أمامه ونالها وهو يمزق الدانتيلا وحزام السوتيان؟ هز رأسه يدفع هذه الأفكار: كُن محترَمًا يا محمود، لست من هؤلاء، كما لا تريد رغبة تقتلك بقية أيامك، ثم أنت تعرف متى تنتشي، فجأة يتسرب قذف هائل من أحشائك يُفرِغ حمولة أعوام، ألا تذكر أول مرة تعرفتَ ذلك واكتشفته عندما عُدت فوجدت ثيابك غارقة به؟ فاكر؟ رأيتَ كثيرًا قتلة يضاجعون عقب جرائمهم، وآخرين ينامون كأن دمًا لم يصل إلى أطراف رئاتهم منذ فترة، قتلة يحبون مشهد تذلل القتيل وضياعه تحت أقدامهم، قتلة رأيتهم ولم ترهم، قرأت عنهم أو سمعت.. ولم يذكر أحد قَطُّ ما تشعر به أنت عندما ترفع سكينك وترشقه في قلب أحدهم، أو يوم أطلقت الرصاص.. ساعتها ينساب خيط مندفع متدفق من المنيِّ كأنه لحظة قذف النشوة، كأنه طلقة رصاص أخرى تخرج منك، كأنه أنبوب مدفع رشاش ينتقم ممن أمامك.. دعك وسرَّك في جنبك واسكت.. لا شأن لك بملابسها فوق كانت أم تحت.

٤

شعر فيها ارتباكًا يستأهل الاقتحام، فمد قدميه بحيث تفزع هي وتجفل، ولم تلم ساقيها، تضع حذاء ساقها اليمنى خلف سمَّانة ساقها اليسرى، وارتدَّت وعبثت في حقيبتها فأخرجت قصاصات وأوراقًا من مجلات وصحف، وصورًا فوتوكوبي، وصورًا فوتوغرافية له. أمسك محمود حلمي بسرعة بصورة من يدها لم ينظر إليها، لم يُعرها أي التفات، حدق إلى عينَي مي وسألها بجدية هادئة:

ـ ما الذي تريدين الوصول إليه؟ أكيد في دماغك أشياء تريدين إثبات صحتها، أو إثبات عدم صحتها، في ذهنك شيء أبعد من مجرد حلقات في جورنال، أليس كذلك؟

بدت مُستعدَّة لإجابة جاهزة أعادتها من قبل أكثر لأكثر من سائل، لكنها عادت بظهرها إلى المقعد الخشبي المتعِب والمزعج.. وتنهدت وقالت:

٣٠

ـ الحقيقة.. أنا لا أعرف!

واصل كلامه كأنه لم يسمعها:

ـ هناك سؤال تقليدي مفاده: مَن الذي يصنع المجرم: خلاياه، جيناته الوراثية، أم ظروفه الاجتماعية والنفسية؟ سؤال يشبه شقيقه السؤال الثاني: الأم.. مَن هي؟ التي ولدت أم التي ربَّت؟ ومِن نفس العائلة سؤال ثالث: ما معنى السعادة؟ ما السعادة؟ كل هذه أسئلة وضعها الناس من زمن كي يظلوا في محاولة الإجابة عنها زمنًا وراء آخر، ناس فاضية، ومع ذلك لم تجد إجابة.

تهكَّمت إذ كان لا بد لها أن تتهكم في حرب القوى بينهما:

ـ هل أجلس الآن مع السفَّاح الفيلسوف؟

تلقَّى التهكم بحنان وسألها جادًّا مرة أخرى:

ـ أنتِ خريجة أي كلية؟

قبل أن تجيب أخرج سيجارة من علبة «مارلبورو» حمراء:

ـ تدخني؟

رغم أنها تُدخن، ورغم أن علبتها «المارلبورو» البيضاء في حقيبتها، يزيد حنانها إليها كل لحظة من ساعة ما دخلت، فإنها أجابت:

ـ شكرًا.. لا أُدخِّن.

رد في حسم حقيقي:

ـ تُدخنين، ولكن مكسوفة أن تُدخني في هذا الجو؛ ماذا

سيقولون عنكِ: عم الصول عبد المجيد سيراكِ امرأة بطَّالة من نسوان مصر، وأنا سأعرف أنكِ امرأة تحررت من قيود اجتماعية ربما أقلها عدم التدخين.

التفت بسرعة مباغتة إلى الصول عبد المجيد وناداه:

ـ خُد لك سيجارة يا حَ الصول.

ارتبك عبد المجيد وعمل فيها لامباليًا، ورافضًا، لكن محمود أدرك أنه يريدها، فقذف بها فوصلت إلى حجر عبد المجيد الذي تلقَّفها ببساطة وأشعلها واستدار بوجهه بعيدًا.

نفث محمود حلمي سيجارته وأكمل سؤاله البعيد:

ـ خريجة إعلام.. أم حقوق.. أم آداب؟

أجابت في رِقَّة قد لا يفهمها على حقيقتها مَن في نفسه مرض:

ـ المفروض أن أسأل أنا.. هذا الكتاب عنك لا عني !

ـ أرضيتِ غروري.. لكنني أُفضل أن يكون عنا أنا وأنتِ.

ـ أنا ملاحظة إنك كسرت الحواجز بسرعة، وتتعامل معي كأنني زميل لا محاوِرة وكاتبة وأنت قاتل في سجنه.

ـ أنتِ جئتِ هنا للخناق والتشاجر أم للعمل؟ طبعًا للعمل، خلاص، اتفضلي، أنا هكذا بنفسي لا أحاول فعلًا أن أخفي شيئًا بداخلي، ولا أضع مساحيق تجميل لكلامي ومشاعري.. خذيني هكذا حالة صريحة جدًّا من أجل أن تعرفي الحقيقة كاملة. قبل ما أدخل من هذا الباب كنت قد قررت أن أهرج، أن أقول ما أريد أن يعرفه الناس، لا شيئًا

له علاقة بما جرى، كنت أريد أن أُمثِّل، لكن بصراحة وحتى قبل أن أراكِ ـ لا دخل لجمالكِ بهذا الموضوع ـ قلت طيب ما نشوف آخرة الصراحة.. طول عمري لا أُذيع شيئًا مما في داخلي، كتوم ومكتوم وسري في بئري.. ها هي ذي فرصة للفضفضة، الواحد على الأقل يعرف نفسه، ثم لا تنسي يا مدام... مدام، أليس كذلك؟ خاتمكِ في إصبع الكف اليسرى قد يخفي دبلة الزواج أو يخفي أثرها بعد خلعها.. أليس كذلك؟

بلعت ملاحظته وكانت قد أعدَّت الكاسيت للتشغيل:

ـ كنت تقول لا تنسي، لا أنسى ماذا؟

ـ لا تنسي أنني محكوم عليَّ بالإعدام.. الموت ينتظرني في أي لحظة.. صحيح أنني أستبعد أن أموت، لكن قد يعملونها فيَّ وأموت فعلًا.. فلا أخشى شيئًا، ولا تخشي أنتِ أيضًا شيئًا.. فلن أقول لربنا ما قلتِه لي.. لسبب بسيط: أنه يعرف.

أمعن النظر إلى صورته الفوتوغرافية، أمسكها بيُسراه، وأشار بإصبعه إلى أنفه المكسور في الصورة:

ـ ضربوني ضرب ولاد الكلب.. كأنني قتلت خالهم!

دفع الأوراق المرصوصة أمامها:

ـ هل قالت لكِ هذه الأوراق متى قتلتُ أول مرة؟ لم تقل.. عارفة لماذا؟ لأنني لم أقل قَطُّ.

مضى كأنه يحشو مسدَّسًا (مسدَّسه):

ـ أحيانًا تنتاب الإنسان أفكار سوداء.. أنتِ مثلًا سيدة جميلة، ربما ناجحة، احتمال سعيدة، لكن في لحظة ما كنتِ تقومين من نومكِ لشرب الماء في آخر الليل، تذهبين حتى الثلاجة، تعودين متعبة منهكة، تجدين زوجكِ نائمًا غاطسًا في النوم، تأتي لكِ فكرة سوداء: ماذا لو قتلتُه؟ أو ما حدث مع سيدات قرأت عنهن، تقطعين عضوه، يغرق في الدم، تنامين ومشهد الدم عالق في سقف خيالك! أحيانًا فكرة سوداء أخرى: تريدين أن تخلعي ملابسك كلها وسط الشارع وتسيري عارية كما ولدتكِ أمك، ألم يأتِ هذا الحلم قَطُّ في نومك؟ فكرة سوداء، مجرد فكرة سوداء أن تقتلي والدكِ في لحظة أو تنامي مع محارم، تدخلين على مديركِ في الشغل وهاين عليكِ أن ترفعي سكين فتاحة الجوابات وتغرسيه في عنقه.

كانت هي تلهث، تلقى كلماته رشقًا في قلبها، خفقة وراء خفقة مكتومة، قرع طبل خفيضًا يمسح أذنيها، يشبه ملاكمًا انفرد بخصمه في ركن الحلبة، نازل فيه ضربًا ولكمًا، وطقم الأسنان الصناعي «يتنطر» من فمه، التفت إلى الصول عبد المجيد:

ـ كوب ماء للمدام يا عبد المجيد.

بلهجة آمرة عارفة ببواطن النفوس أضاف:

ـ أنتِ امرأة عاقلة، هذه الأفكار السوداء جاءتكِ مرة، مرتين، ثلاثًا طول عمرك، لكن هناك من تسيطر عليه هذه الأفكار

السوداء، تمامًا مثل المريض الذي يتخيل أن الموساد والمخابرات الأمريكية يطاردانه، أنتِ تضحكين عليه، لكنه مُصدِّق تمامًا. أنا قاتل، أفكاري السوداء هي أفكاري البيض، انفلت شيء داخلي منذ زمن، وضعت قانونًا لنفسي، تحكمت في هذه الأفكار واستسلمت لها، تعرفين لماذا؟ لأنني ظللت أقاومها منذ أن ولدت، منذ تمنيت مثل أي طفل أحيانًا أن يقتل والده حين يحرمه شيئًا، أو أمه لأنها لا تعطف عليه، ثم لم أستطع المقاومة فاعتبرت هذا قدري. هل تصلح هذه الكلمات لأن تنفُضي عنكِ هذه الدهشة من كوني مجرمًا أو قاتلًا؟!

أخيرًا نطقت. كان كوب الماء قد جاء فعلًا، ووضعه عبد المجيد وشبح ابتسامة خفيفة يظهر على فمه. يعرف ماذا يفعل بها محمود حلمي، إنه يكسر عظمها، مثلما يضرب السجين المنافس له في قصبة رجله، فيسقط فيناله، يهضمه بعد أن أكله في علقة، قالت:

ـ إذن أنت مريض؟

رد في حسم أخجلها:

ـ احتمال آه.

ثم واصل في هدوء أربكها:

ـ واحتمال لأ.

ـ إذن اتركني أحكم، دعك من الفلسفة، مالها الحكايات

والروايات والحواديت؟ أريد أن أعرف مشوار الدم في حياتك!

كتبت على أوراق بيضاء أمامها السؤال وهي تقوله:

ـ بالمناسبة.. هل تتذكر جرائمك؟ المشاهد التي قَتلتَ فيها، تستدعيها في صحوك أو تظهر في منامك؟

تنهد. لأول مرة يبدو حزينًا أمامها:

ـ أنا لا أنام.

ـ بمعنى؟

ـ لا أنام.

ـ من الندم، أم من الأرق، أم من قلق انتظار الإعدام؟

ـ من الآن التحليل عليكِ أنتِ، مهمتك.. أنا مهمتي أن أحكي!

ـ إذن صف لي كيف لا تنام: نومك متقطع يعني، أم لا تنام إطلاقًا، أم تنام ساعة ثم تصحو حتى اليوم التالي؟

شبَّك كفيه، قلب شفتيه، نظر إلى النافذة، حرك قدميه، هز ساقيه، حدق بعينيه إليها، ثم أمسك بنظارتها البُنية المستديرة، رفعها ثم وضعها مكانها ثم أمسك بها ووضعها بالمقلوب ينظر من خلال عدستيها إليها، بانت صورتها على سطح العدسة مقعَّرة أو محدَّبة، ليس تمامًا:

ـ أنام أحيانًا يومًا كاملًا أو اثنين، ثم أكف عن النوم نهائيًا أسبوعًا، أسبوعين، مرة واحدة استمر عدم نومي ثلاثة أسابيع.

في تبسُّط ورِقَّة، ثم في استخفاف:

ـ أدخل موسوعة «جينس» للأرقام القياسية، أليس كذلك؟

هنا وقفت في برزخ غريب؛ أتصدق كلامه، أم تبدأ في دوائر الشك التي تحيط برقبته بكل حرف يقوله؟ احتارت ثم قالت:

ـ جائز.

تنفَّس نفسًا طويلًا:

ـ حسنًا، أنتِ لا تُصدِّقين، استعدي إذن لما هو أغرب.

سحب حقيبتها في خفة شرسة، مفتوحة السوستة، جذب علبة السجائر «المارلبورو» البيضاء المخفاة، انتزع بسرعة سيجارة، والولاعة في ثانية كانت مشتعلة في أصابعه، خبأها في بنطلونه، عند الفخذ تمامًا، فانطلقت نارها لهبًا كبيرًا أشعل به السيجارة، وترك الحقيبة مفتوحة على المنضدة.

استند بظهره إلى المقعد مرتاحًا ومحلِّقًا في الدخان الذي انتشر سريعًا، بينما تركها تجرُّ كلماتها من حلقها، من آخر وأبعد منطقة في هذا الحلق المفتوح على العتمة.. عتمة ما بداخل الإنسان.

٥

كانت تقود سيارتها، تنفث لهثًا من القلق والتوتر، ربما كانت يومًا قد تشاجرت معه، أو أحسَّت أن شيئًا عميقًا في غوره ومسافاته البعيدة بدأ يحفر وجوده داخلها، دخانًا صغيرًا من سيجارتها المشتبكة بين إصبعيها، حين انطلقت بجانبها سيارة ميكروباص مفتوحة الباب، وهي تمرق في حدة، مد راكب شاب بقميص وبنطلون يجلس على الكنبة المطلة على الهواء، على الفضاء، مد ذراعه بقوة وبسرعة وضرب على ظهر كفها الممسكة بالسيجارة، طرقعة عالية وصوت صارخ:

ـ عيب.. ما تشربيش سجاير.. عيب يا اختي!

ارتجفت وارتعدت، لم تطارد السيارة، لم تسرع لها، مالت على الجانب الأيمن، حضَّنت سيارتها إلى الرصيف، وقفت، ظلت تتنهد متوترة، ثم انفتحت في نشيج ملتهب.

تتذكَّر أول مرة دخنت سيجارة مختلسة كالعادة، كانت تدخل

٣٨

في دورة مياه الكلية، فإذا بزميلاتها، واحدة تصلح مساحيق وجهها، وأخرى تعدل فستانها وتشذب جنوبه، وثالثة مع رابعة تدخنان في ركن، دخان كثيف يخرج من أبواب الحمامات، ثم تنهمر ضحكات صغيرة مكتومة فيها خلاعة الخروج عن قوانين المعتاد. لم تتحرك نحو السيجارة إلا ذلك اليوم الذي نسيت فيه مها زميلتها علبة السجائر في حقيبة مي، وجدتها فجأة في غرفتها، في الساعة السابعة من مساء الصيف المبهج والمنير، مضت نحو الشرفة، قرفصت تحت سورها حتى لا يراها أحد، أشعلت السيجارة في بطء، سحبت نَفسًا، كَحَّت قَطعًا، لكن ثواني عبرت فاستطعمت فكرة الخروج من دائرة البنت الموحدة، أحست بشيء ما استثنائي وشاذ تقوم به، أطربتها الفكرة... واهتزت حين انفتح الباب بقوة اقتحام أمها التي هلعت حين رأت ابنتها تدخن سيجارة، صرخت وضربت كفها على صدرها... وتخاصمت هي وأمها شهرًا بعد هذه الواقعة.

قالت الأم:

ـ يا نهار أسود! بتعملي إيه عندك؟!

وتزلزلت فأضافت صارخة:

ـ قومي يا قحبة.

اللفظ شرخها، والمشهد شرخ أمها. بعد شهر من الخصام الساكت تبادلتا كلمات سريعة، وتحيات روتينية في الصباح والليل، واستغراب من والدها. سأل عن السبب أكثر من مرة

ولم يحصل على إجابة، فلم يطلبها بهدوئه ورِقته وضعفه التقليدي. بعد شهر تصالحتا، وبعد شهرين مات والدها، فدخنت هي وأمها معًا في المطبخ، وفي آخر أنفاس السيجارتين اشتعل الحزن نارًا في صدريهما، بكاء ونحيبًا و... كأنها النهاية يوم تجرعت أول رشفة من البيرة وسط أصحابها في احتفال ليلة رأس السنة. كانت قد رقصت وضحكت وصرخت وهللت، واقترب منها فريد، رقص معها، ثم ضغط على صدرها، ثم لحس بلسانه خدها، فشعرت شيئًا مُقززًا في بدنها، لكنها تحرَّجت من المقاومة، اقترب أكثر، ثم جاءت مها فأنقذتها.. هل رأته؟ هل خافت تطور الأمر؟ هل خشيت ضعفًا من مي؟ سحبتها من يدها، كانت في يد مها زجاجة بيرة، صبت لنفسها، فخطفت مي الكوب منها وتجرعت رشفة اندلقت على ذقنها وصدرها.. لم تستطعم مذاقها، لكن ليلة الدخلة أصر خالد على أن تحتسي معه زجاجة بيرة، شربت الكوبين الأول والثاني.. ثم نامت.

نامت تمامًا.. حاول إيقاظها، حاول معها حتى استيقظت بعد ست ساعات.

لم يكن بحاجة إلى إثبات رجولته وفض بكارتها؛ فقد جرى ذلك منذ أسابيع طويلة.

ـ أريد أن أنام يا خالد.

أصر. أيقظها، وتضاجعا سريعًا، ثم نام هو الآخر.

ما زالت تقوم داخلها رغبة تقبض على أمعائها، رغبة الإعلان

عن تدخينها السجائر، كثيرًا ما تخشى أن تُخرج علبة سجائرها، تنزع سيجارتها وتدخن، تخشى ذلك بين قوم لا تعرفهم، بين أناس يضعون خطوط الطول والعرض لتقسيم العالم بين النساء المدخنات وغير المدخنات. تدخل خانة أخرى فورًا في التقييمات الأخلاقية التي يحترفها كثيرون، تمزقها أحيانًا بين رفاقها وأصدقائها حين يجمعهم مكان لحفل أو لتجمع، أو عندما تضيق بها الطرق فتذهب إلى الكازينو الذي يتجمعون فيه كل ليلة، تدخن معهم ببساطة، وتشرب بينهم «جِنْ تونك» أو بيرة، ولا تضع اعتبارًا لأي تحفظ داخلها، حتى صدمتها ذات يوم قدمه.

تسللت قدمه بين السيقان تحت المنضدة ثم وضعها ـ وقد خلع حذاءه فعرفت حرير جوربه ـ في بطن ساقها، كانت قد شربت، وثقل رأسها، وابتسمت واتسعت ضحكاتها، وارتفع صوتها قليلًا قليلًا، كانت على ثقة أنها لم تسكر، لكن شيئًا لذيذًا يغمرها، لعله السُّكْر حقًّا، قررت أن تستسلم لقدمه... ثم له حين يحين دور ما هو أهم من قدمه. لأول مرة كانت تقرر فعلًا تسليم جسدها هكذا دون أي اعتبار أخلاقي. قررت اعتبار الأمر لحظة ضعف وسنرى ما بعدها. مدت ساقها حتى وصل حذاؤها إليه، بدأت تداعبه برِقة، ثم بعنف اصطناع الشهوة. لم يُصدِّق نفسه، بهذه السرعة تسقط امرأة مثل مي الجبالي؟! بدأ يعد نفسه للقيام، في انتظار أن تلحق به:

ـ سلام يا جماعة؛ مستعجل الليلة.

ومضى.. ينتظر في الجراج أمام مقدمة سيارته أو بهو المكان أو على الناصية.. ليلة حمراء تزينها نجمة مثل مي الجبالي. حاول أن يتخيلها عارية، لكنه اقتصد في خياله ليحفظ عليه قوته.

نهضت مستسلمة للتجرِبة ولرغبة في التبذل في الأخلاقي. ماذا سينقص فيها؟ مَن سينتقص منها؟ كانت تلك الأيام هي الأيام التالية التي تنازعتها فيها الرغبة في البقاء أو الطلاق من خالد. نهضت.. جسد آخر عارٍ ومتعة زائلة، ثم لا شيء سوى التجربة، لا شيء تخشاه، هي بالغة عاقلة، وهو ناضج؛ لن يأتي غدًا ليصف لهم هنا استدارة ثدييها، وعمق سُرتها، وانحناءة خصرها، ولفة مؤخرتها، وحسنة تحت إبطها، وأثر جرح قديم في ركبتها... هذه تضاريس جسدها الذي يبدو الآن على استعداد داخلي للتهيُّج.. ومشت.

عندما ضغطت زر المصعد كي تُغلقه وتنزل، فوجئت بيد تحول دون إغلاق الباب. انفتح باب المصعد مرة أخرى وظهر حسين بجسده الناحل ووجهه الذي امتلأ احمرارًا، ربما شرب هو الآخر أكثر من اللازم، ببطء تشرَّب الجسد الكحول.

ـ أهلًا حسين.. لم أرك في الداخل.

انغلق الباب، وانفتح فم حسين، وتحركت يداه مثل الثور:

ـ لكن أنا رأيتكِ، ورأيت ما تحت المنضدة! نازلة تنامي مع هذا الشخص يا مي؟! هل أصبحتِ امرأة الحانات يلتقطها الرجال كما يحلو لهم؟!

صرخت فيه:
ـ اخرس! إنت مال أهلك؟! كيف تُكلِّمني بهذه اللهجة؟!
حسين والدنيا تنهدُّ أمامه الآن:
ـ نازلة تروحي معه الشاليه، تنامين معه، هكذا فقدتِ توازنكِ إلى هذا الحد؟!
كانت تواجه معركة معه ومعها فقالت:
ـ ما المشكلة يعني؟ أنا ناضجة وأريد ليلة واحدة فقط، وهو كذلك، نحن أحرار، ننام معًا كما نشاء.. أم أنك غاضب لأنني لم أخترك أنت لأنام معك؟
فقط هي قالت ذلك وعينك لا ترى إلا النور، صفعها على خدها الأيمن، ثم أمسك كتفيها بكلتا يديه وضرب رأسها في جدار المصعد، مرة واثنتين وثلاثًا، الغريب أنها لم تقاومه، الغريب أكثر أن المصعد توقف في البهو فجرَّها من ذراعها إلى الجراج، وصل إلى سيارتها، وبعدها التقط مفاتيحها من الحقيبة، وألقى بها على مقعد القيادة، أدارت المفاتيح، وهي تنصرف لمحت حسين يتقدم نحو الرجل الذي انتظر طويلًا.. لا تعرف ماذا قال له.

بعدها لم تسأل حسين، ولم تسأل الرجل كذلك. وحين تتذكر هذه الليلة لا تعرف أن تتهم نفسها بشيء، تجد أعذارًا كثيرة ومبررات أكثر.. لكن نظافة ضميرها في الداخل، في هذا المكان العميق الدافئ القريب من الرَّحِم، جعلتها تتراجع عن

الجري في هذا المضمار، الدوران في هذه الحلبة، التمرد الذي تريده قد لا يكون هذا، الجنون الذي تسعى به لإلقاء أي تخوفات أو محاذير من وجودها، ليس كذلك بالضبط.

٦

استرخت على المقعد الوثير هنا في مكتب حسن، استقبلتها
السكرتيرة بترحاب ينم عن نفاق ولا شك، ودخلت هذا المكتب
الواسع جدًّا حتى يخيَّل إليك أنه سيبلعك! المبنى شاهق الارتفاع،
ومكتب حسن في شركته يقع في الطابق الثاني والعشرين، كله
جدران زجاجية مطلة على شارع مراد. ألصقت أنفها في الزجاج
وهي تتأمل الطيور البيضاء السابحة في الشارع في هذا الوقت
من العام، تبول بولًا أبيض ثقيلًا ولزجًا وغزيرًا على رأس الناس
والسيارات والمركبات العامة، حتى كأن الأشجار طُليت خضرتها
بالأبيض الداكن، الأرصفة، أسفلت الشوارع، شرفات البيوت،
أسوار الجنينة، طيور بدأت في الظهور منذ سنوات في هذا
التوقيت لتتبرز على وجودنا وتمضي. حين تقطع أغصان شجر
الشارع الكثيرة، وتبدو الأشجار جذوعًا كأن بركانًا عبر، تصبح
هذه الطيور طيور ما بعد يوم القيامة التي تأكل الجثث وتنهش

٤٥

الأجساد، وتطل بصوتها ورفرفة أجنحتها كآخر مشهد في الحياة.. تلك الحياة التي بدأت ببول وانتهت ببول! من هنا تعودتْ منذ بدأت تزور حسن في مكتبه كرئيس مجلس إدارة «مجموعة عيون للاستثمار» أن تقف في هذه الزاوية تمامًا حتى التقطت عيناها المشهد كاملًا لجبلاية القرود في جنينة الحيوانات أمامها، تبدو أسوار حديدية خلفها الغزلان، وترى مسيرة الأفيال في حلقة، هذه الأجساد الهائلة المهولة تقبض قلبها، دائمًا ما تتحاشى هذا الجسد الفيلي بعينيها رغم بُعد المسافة التي ترى الأفيال منها، المسافة التي تجعل من أجسادها الحقيقية دُمى للتسلية، لكنها تكره الأفيال، فقط تتأمل جبلاية القرود، من بعيد تبدو أكثر لطفًا ومرحًا وهي تتقافز وتتشاجر وتتناحر، تقفز وتجري وتصيح، وتتحرك أجسادها رشيقة خفيفة الروح والدم، تطلق معها ضحكة صغيرة هادئة، ثم تلتقط قردًا لتتابعه بدقة فإذا به يتخانق مع ذباب وجهه، تضحك ملء فمها وقد غطت أنفاسُها الزجاج، فبدت شبورة دائرية أمامها، بسبابتها كتبت أحرفًا متفرقة لا تؤدي معنى، التصق بها تمامًا وأنفاسه في عنقها يطوقها بذراعيه، يحيط بصدرها رافعًا ثدييها وهو يهمس:

ـ وحشتيني يا حبيبتي.

قبَّل عنقها من الخلف، ثم استدارت إليه مبتسمة وهي تُقبِّله مسرعة على خده، وتخرج من حصار ذراعيه.

ارتسم الجد على ملامحه لوهلة:

ـ أرهقتِني كثيرًا في السجون هذا النهار، اتصلتُ بستين لواء كي أعرف إلى أي سجن ذهبتِ تحديدًا.

جلستُ على الكنبة وقرفصتُ قدميها:

ـ ما انت عارف.

ـ لا لم أعرف.. قلتِ لي «مذكرات سجين وسأذهب للحوار معه وأخذت موافقات من عقيد ومن عميد»، و«تدخَّل يا حسن وكلِّم اللواء فلان واللواء علان». حتى ليلة أمس لم أكن أعرف أنكِ جادة أصلًا في هذا المشروع.

همَّت لتُخرج سجائرها.. آه نسيَت أنها منحتها لمحمود حلمي هي والولاعة، همستُ مهمودة لحسن السيسي:

ـ هات سيجارة.

٧

كان يحكي كأنه آخر بطلٍ حكايتَه، صرامة وخشونة، صلب كالحديد، صوته الخارج من حنجرة لا تعرف حشرجة الأسى. قال:

ـ ما زلت أذكر هذا النهار، مقبض ككل نهار في السجن، الأغراب الذين يحيطون بي في الجنازة، يمسكون بذراعي بينما أنا شارد بعيدًا جدًّا، أحس وحدة جاثمة، هذا أبي وقد حواه نعش فوق أكتاف الرجال، جنازة صغيرة وعدد محدود يشبه أيامنا وشكلها الموحش، كنت وحيد أهلي، وكان أبي وأمي وحيدين، حتى إنني ظننت أنهما هربا من مكان فرارًا من جريمة، من فرط ما انفرط عقد أهليهما، على فترات بعيدة شاحبة الذكرى، كان يأتي خال أو عم، زيارات رسمية ضحلة بلا دفء، بلا حرارة، وشقة واسعة حال الشقق المصرية القديمة، أسقف عالية، وحيطان رطبة، وشرفات مدورة،

٤٨

وقباب فوق سطح البيت، وأثاث قليل، وألوان كئيبة، ولوحات عالمية هشة مبروزة بأطر خشبية شديدة القِدَم، وتماثيل صغيرة من البرونز، وشمعدان لم يضئ قطُّ.. هل أذكر أبي؟ صورة معلَّقة على الجدار هي الثابت الوحيد في ذاكرتي منه الآن، ثم بعض الضبابات والذاكرة المختلطة، حكايات وأشكال متقطعة متشابكة ومتداخلة، مات وسني ثماني سنوات فقط، ونهارها لم أبكِ، وعندما كنت أرى أمي لخمس عشرة سنة تالية لا تفعل سوى أن يأكلها البكاء، كنت أقرر أن لا أبكي، ويوم شعرت أن دمعة ستفرُّ من عيني ضربت دماغي في الحائط.. آه.. ضربته.. خبطته عشر مرات في الحائط حتى نزف دماء أغرقت صدري وكتفيَّ، ولم أعد أرى سوى لون الدم، ولا أشعر إلا بلزوجة ثقيلة، وطعم حامض ومُر هو طعم الدم، ونسيت البكاء، كانت وحدة أمي وغربة أيامها وغرابة عيشتنا، سر انخراطي ربما في كل ما يحيط بي خارج المنزل، ما زلت أذكر أنني كنت أرفع من صوت الراديو إلى أعلى درجة حتى يملأ البيت صخبًا، أو التلفزيون، تقريبًا كان يسمعه الجيران والعابرون كأنه صوت سينما صيفية مجاورة، وكانت أمي لا تغضب أبدًا، ولا تنهرني، ولا تتحرك أو تتكلم إلا بهذا الكلام الذي يمشي بالحياة قليلًا.

تداخلت كلمات مي وتقاطعت عند الجملة الأخيرة لمحمود حلمي وسألته:

ـ لكن صحيح بعد كل هذه السنوات ألم تعرف سر هذه
الوحشة والغربة التي كان عليها أهلك؟

كأنه قد استُدعي من عالم آخر، بوغت من المداخلة فانتبه،
وتيقظت حواسه، وبدت هذه الصرامة أكثر جهامة وافتراء،
وتحدَّث بوعظ فَظ:

ـ لم نتفق فعلًا: هل سأحكي أنا وتصمتين أنتِ ثم تسألين
في النهاية، أم أنكِ ستقاطعينني؟ نرسو من الآن على بَر!

استبهمتْ من لهجته الحادة، واحتدتْ بدورها:

ـ لماذا تشعر أنك أقوى مني هنا؟ لماذا تصر على أن تدير كل
شيء بشروطك؟ اسمع، احكِ أو لا تحكِ إطلاقًا.

لمَّت أوراقها، وأغلقت الكاسيت ووضعته في الحقيبة، بينما
صمت هو تمامًا، لم ينطق، ثم إنها لم تتحرك، لم تفعل أكثر من
ذلك، نظر إلى النافذة المطلة على حوش السجن وأطرق بإصبعه
يخبط بقرع منتظم على سطح المنضدة الخشبية، بينما رجعت
هي برأسها إلى الخلف وتنهدت ولانت وقالت:

ـ محمود، دعنا نكمل بلا أي شروط، نتدخل نتداخل، نسأل
نجاوب، نحكي نتحاكى.. دع كل شيء يسِرْ إلى ما يريد
أن يسير إليه.

كأنه ألقى بالدقائق الماضية خلف الذاكرة.. اتَّكأ بمرفقيه على
المنضدة، وأسند ذقنه على كفيه، ومال نحوها محدقًا إلى عينيها
كأنها قلاع فقدت حصانتها أمام الغزو.

ـ جَدي السبب! جَدي في الصعيد كان بَقالًا، كان صاحب دكان صغير متر في متر، يبيع فيه بعض حاجات البقالة في قرية فقرانة أغلبها ناس فقراء، المشكلة أنه كان يُحضِّر أرواحًا ويخاوي جِنًّا ويعمل عملًا لمن يريد ولمن يستأجره، معروف في القرية والقرى كلها، خُط الصعيد كان زبونه، إنه ساحر، أو قولي إنه شيخ عفاريت، كان الكل يزوره من كل ناحية، يفك العمل المعمول لرجل مربوط غير قادر على المضاجعة أو الإنجاب، يُخرج عفريتًا يلبس امرأة، يعمل أحجبة لنساء، تعاويذ للبنات، ولكن يبدو أن الخير لم يكن وحده هو هدف القاصدين لبيت جَدي ودكانه. أسرة العبيدي يشتهر رجالها بالتجارة في الآثار، لصوص آثار وتجار ومُرَابون، وهم من أغنى الأغنياء! الجد من الصعيد، يعيشون في قرية بعيدة تكاد تكون في حضن الجبل، أصدقاء ويمولون المطاريد مقابل الحماية وإناطة أعمال خاصة، يخلِّصون حقوقًا من كبير، يهددون أسرة ضابط حتى يلم الدور، وهكذا كان الحظ التعس لجَدي، جاءته عائلة صغيرة فقيرة باعت كل ما تملك! وضعت مائة وخمسين جنيهًا في يد جَدي، تطلب منه شيئًا واحدًا: أن ينتقم من كبير العبيدية، الأسرة الغنية، شاب في العشرين هتك عرض ابنتهم، أفقدها عُذريتها في حقل أو جُرن ثم خلا بها وذهب ليتزوج.

كانوا يصعبون على الكافر.. وكانت المائة والخمسون جنيهًا أقوى مما يحتمل جَدي، لم يفكر في أبنائه الثلاثة الذين كبروا، وما الذي يمكن أن تفعله بهم أسرة العبيدي. بعد أسبوع، اثنين، كانت البلد... لا، كان الصعيد كله يتحدث عن الواد الذي ضاع، أحس أنه فاشل في ليلة دخلته، عيَّرته البنت، صمد وسكت، وحكى لأهله، سألوه، دبروا، تدبروا، عرفوا أن وراء هذا الموضوع كله جَدي! جاؤوا إليه.. أخذوا منه المائة والخمسين جنيهًا، ضربوه وأهانوه! ثم أجبروه على فك سحر ربط ابنهم، وهددوه، وبعد يومين اكتشفوا أن ابنهم لم يعد إلى حالته الطبيعية! كانوا بين أمرين: إما أن يقتلوا جَدي، وإما أن يهادنوه؛ لأنهم عرفوا خطورة سره وفظاعة أمره، عادوا إليه والصعيد كله يعرف ويتابع وينتظر، كان نهارًا حارًّا وقائظًا ومُقرفًا، لكن عشر سيارات تقريبًا وقفت في الشارع أمام البيت والدكان، اعتذروا إلى جَدي في حضور أبنائه الثلاثة ونصف القرية على الأقل، أعادوا إليه المائة والخمسين جنيهًا، وفوقها ضعفها، وطلبوا منه أن يرحمهم ويكرمهم في ابنهم، ووعدوه بأنهم لن يفعلوا شيئًا في الأسرة التي دفعت له وأجَّرته على العبيدي متحدية كل قوانين القوة، شربوا شايًا ودخنوا حشيشًا، وقبَّل بعضهم أكتاف بعض، ومضوا.

والصعيد كله كان ينتظر انتصاب ابن العبيدي.. كأنه «كازانوفا» أو إله الإخصاب.

وانتصب الأستاذ، وهاجت الدنيا كلها فرحًا.

بعد أقل من ثمانٍ وأربعين ساعة، وعندما كان جَدي يُغلق الدكان ليصعد إلى البيت، وقفت سيارة نصف نقل، فتحت غطاءها الخلفي، وقف على مؤخرة السيارة ثلاثة رجال بأسلحتهم الآلية، ضغطوا الزناد، فانتثرت أعضاء جَدي في الهواء ممزوجة بالدم وقِطع اللحم المفتتة، كانت نحو مائتي رصاصة قد خرمت جسده الذي تقطَّع تمامًا، يكفي أن أهل القرية ظلوا يجمعون أشلاءه ليلة كاملة، حتى استعانوا بمصابيح الجاز والكلوبات، فقد دخلت قِطع لحمه من النوافذ إلى أفنية البيوت.

هددت عائلة العبيدي أعمامي.

رحل ثلاثتهم وبينهم أبي سرًّا وخفية، تفرقوا وظل الخوف يطاردهم سنين طويلة.

عمل والدي في القاهرة في الشؤون القانونية لدار المحفوظات، وكان يكتب الشعر وينشره بأسماء مستعارة، وأحيانًا كان يكتب مسلسلات وسهرات إذاعية، بنفس الاسم المستعار، وعاش حياته لا يريد أن يختلط بأحد رغم أن الكراسات التي تركها في أدراجه، وقرأتُ بعضًا من الصفحات في بعضها، تؤكد أنه عاش مشحونًا بآلاف الأشياء داخله ومات مكبوتًا ومقموعًا.. لكن الخوف على أي حال كان رفيقه في كل أمر.

ذهبت أمي للحج، ولما عادت سألتها ليلتها لمن دعت في المناسك، قالت قطعًا لأبي، لكن دعوتها كانت غريبة فعلًا، دعت أن يغفر الله له ويسامحه! ماذا فعل أبي حتى يستحق تدخلًا من رحمة الله ومغفرته؟ لم أشعر قَطُّ أنه أقدم على ما يستحق الندم، فضلًا عن المغفرة.. ليلتها حكت لي أمي كل ما مضى، ثم أضافت أن أبي كان الابن الوحيد الذي يعرف أسرار عمل جَدي.. كان يساعده.. وأنه كان وراء كل الكارثة التي انتهت بأشلاء الجد في الشارع!

٨

ـ كنت أتلصص عليها من النافذة التي تطل على غرفة نومها،
عارية معظم الوقت، قميص نومها يكشف عن ذراعيها
وصدرها، تفرد جسدها وتثنيه بفخر أو بوقاحة، كانت
ساعات تخلع ملابسها تقريبًا، تبقى بقطعتين فقط... آه،
صحيح، هل من المسموح لي الحديث عن الجنس بهذه
الحرية، بأي حرية؟ إن معظم أيامي قضيتها مع رجال،
الكلام فيها عن الجنس لا يحمل أي حياء، بعضهم يحكي
عن زوجته بتأوهاتها أحيانًا، بل إن في أجواء وأسوار هذا
السجن رجالًا يمثلون أدوار النساء، ومن ثَمَّ فلم أتعلَّم
الأدب، قولي لي إذا كنتِ تريدين الصراحة تامة، أم أضع
بعض مساحيق المكَياج والتجميل على وجه كلامي؟ أنا
وقح.. أليس كذلك؟

لم تعرف مي كيف ستجيب، لو قالت له: «إنني لست محرجة،

الكلام عن الجنس شيء طبيعي جدًّا في الحياة، بل أكثر، في حياتي». لو قالت له: «إن أسوأ ما في الجنس هو هذا التحريم الزائف». لو قالت له فمعنى ذلك أنها امرأة وقحة.. قد يغريه هذا بمزيد من الخيال وصناعة عالم من التعرية والإثارة والإغواء والإغراء.

إن عينيه تفضحانه، تسقط نظراته على مقدمة نهديها، تنفلت إلى عنقها، إنها تعرف ماذا تعني نظرة الرجل إليها، أي شهوة فوق جسر من النظرة العابرة البريئة.. تراها.. تعرفها.. زمان كانت بلهاء، قطة مغمضة، بل عمياء، لا تعرف إلا أن تخربش.. لم تكن تفهم نظرات الوله بها، العين التي تلتصق بساقها، أو تلك التي تتمطع في خاصرتها.

لا يعرف أن أحاديثها مع صديقاتها، وأصدقائها، يلوح فيها الجنس ويعبث فوق كل الأحرف، هل تتكلم؟ آه، لو حكت منذ رأت تلك النظرة الشبقة، بشهوة رطبة، تتدلى من عين خالها لما رآها في قميص نوم، وقد بانت خطوط اللباس، وتفاحتا الصدر.. أو عن هذا الصراخ المجروح يحمل شرخة غاضبة محمية من والدها يداري ضعفه بجهامة تنشف معها كلمات الحنان على غصن قلبه، صرخ فيها أن تدخل سريعًا وترتدي شيئًا، التفتت حولها، لا أحد في المنزل سواها وأمها ووالدها، ما الذي يغضبه وقد ارتدت قميصًا خفيفًا شفيفًا قصيرًا فوق فخذيها؟ شعرت بغضبه كأنه يلقي فوقها آيات العار، كأنه لا يطيق أن ابنته

صارت بنتًا تحمل جسدًا تحت عنقها، فارت ودارت حول نفسها محمومة، وانطلقت في بكاء صارخ، حاولت أمها أن تهدئها.. لا شيء.. لم تسمع ولم ترَ ولم تتكلم، فقط خلعت قميصها أمامه، ووقفت عارية تمامًا متلبدة المعنى والشكل، ترتجف مرتعشة محمومة، تقف في تحدِّي البلهاء، طفرت الدمعة من والدها، واحتضنها وتأسَّف.. ومكثت بعدها في السرير أربعًا وعشرين ساعة كاملة، لم تتحرك ولم تأكل ولم تتكلم.

في الساعة الخامسة والعشرين قامت كأن كل ما مضى لم يعُد كائنًا.. فقط ظل محفورًا في أمعائها، اكتشفت بعد مرور سنين من زواجها أنها لم تتعرَّ قَطُّ كاملة الأعضاء أمام خالد، حاول أكثر من مرة أن يبذل جهدًا في أن ينزع عنها شيئًا من ثوبها في أثناء المضاجعة، لكنها أبت بشكل تلقائي جدًّا حتى كأنه بلا أي تعمد، خالد مسالمًا كعادته تركها لعادتها.

فقط حسن السيسي كأنه يغتصبها، أصر حتى مزق قميصها، مدت يدها وأخذت فوطة بيضاء أو مفرش منضدة، لا تتذكر، ووضعته على بطنها، كأنها تستتر، لم تشعر قَطُّ بشهوة جامحة، أو أنها تحتاج إلى رجل إلى حد الهياج، ربما باردة، ربما جامدة، لكن هذا التأوه والتأود وشكلها المزري في انفكاك جسدها، وتحلل أعضائها في أثناء المضاجعة، لا يوحي بهذا البرود الذي تتهم به نفسها، لكن الجنس مجرَّم ومحرَّم لديها منذ صغرها، حتى الشخص الذي أحبَّته قبل خالد، الذي كانت تموت في هواه،

تلتقط كل ذرة من أنفاسه لتخزنها في صدرها، شقيق صديقتها، طالب الحربية، الذي جاء مرة وهي تنتظر أخته في البيت، عاد من الإجازة بشعره الحليق، وبزَّته المكوية اللامعة، فتحت الباب فإذا به أمامها، قفزت دون أن تدري وقبَّلته، قُبلة مرتبكة مترددة، فيها رطوبة وخشونة وانزعاج، لكنه في فحولة المراهقة الطائشة، نزع عنها ثيابها بقسوة، مزق مشد صدرها، وربما قذف ساعتها، فانهد وصمت. كرهت نفسها وكرهته.. لملمت أشياءها ومضت. لو كان ذكيًّا، لو كان نبيهًا وخبيرًا بالنساء، لكان أرقَّ وأدقَّ في معاملتها، لما أضاعها من يديه، الغريبة أنه كان يحب بنتًا أخرى، لكنه طاردها، باح لها مرة وهو يصطدم بها على السلم: طيب لا داعي لأن ترجعي إليَّ، فقط أريد أن أرى صدرك مرة أخرى.. سأموت لأراه. لماذا فعلتُ؟ وكيف؟ ومتى؟ لا تتذكر صادقةً، فقط تتذكر أنها ببطءٍ وبحب استطلاع وببعض الغباء فتحت أزرار قميصها، ورفعت السوتيان إلى فوق، واندلق ثدياها أمامه، كانا صغيرين وأبيضين للغاية، وحلمتان صلبتان ببُنية حارقة، قبض الولد على ما بين فخذيه، فجمعت قميصها وفرَّت.

كان خالد، حتى في قمة حبهما، وحتى قبيل طلاقهما، يتهمها في سره... شيء ما يجرح مشاعره دومًا، يضع علامات كعلامات التطعيم على كتف صبي، هذا الشك، كانت تعذره، بل وتشفق عليه، فهو صامت لا يتكلم ولا يبوح، بل يبالغ في إبداء تحرره وتفهمه وتحضره، يهرس مشاعره بالغيرة والغضب في قبضته

حتى تندلع نارًا في أصابعه، لو ترك نفسه لتلك المشاعر لمات، أو قتلها، منذ خطيبته الأولى التي راح ليزور صديقه في شقته المفروشة فوجدها هناك، عارية تمامًا، فاتحة فخذيها، يلج حدود قلبه كأنه يقطع في لحمه.

لم يتحرك خالد، شعر أن كبرياءه كلها تتزلزل، تنهار.

من يومها وهو مجروح، لا يثق بأي أنثى، لكنه في الوقت نفسه يتوقع دائمًا الخيانة، ينتظرها كأنه صار يتلذذ بها، نصحته في فورة غضب أن يذهب إلى طبيب نفسي، قال لها بجرح ما زال ينزف من سنين:

ـ رُحْت.

ـ خالد!

من يومها انكسر هرمه داخلها، كان كأنه يدفعها للرحيل من أجل الخيانة، يخلع بنفسه منها، هذا الرجل الذي يهز قاعات المحاكم بخبطه ومرافعاته، كان يجري ليصبح «تيسًا» أو «قوَّادًا».. يوم الانفجار كان أقسى مما يحتمل أحد في الوجود.. عرفت أنه منذ شهور طويلة بدا مُتخصصًا في قضايا الدعارة والآداب.

انهارت مي.

تمزَّقت تمامًا.

تقطعت قِطعًا تُوزَّع على كلاب شوارع السلخانة.

ـ ماذا تريد أن تفعل بنفسك؟

ـ لماذا هذا الانفعال يا مي؟ إنها قضايا مثل أي قضايا!

ـ أنت مجنون!

ـ من حق هؤلاء النساء أن يجدن مَن يدافع عنهن.

ـ آه.. محامٍ عِرص، أو آخر ينام معها مقابل ضمانها في القسم، أو ثالث يأخذ عرقه من عرقها.. إنت مالك؟ فيك إيه؟ إنت مصاب بعقدة، ولّا عندك انفصام في الشخصية؟

كان عاديًّا جدًّا، رقيقًا، مهذبًا، مستقيمًا، طيبًا، رحيمًا، رحيبًا، لم تستفزه كلماتها الجارحة، ولا اتهاماتها الطاعنة، واستمرت معه بعدها سنة.. سنة كاملة، اثني عشر شهرًا، ظهر خلالها حسن السيسي، يغزو بقوَّةٍ مضمار حياتها، التقته في ندوة عقدتها مجلة عربية حول رجال الأعمال، وفي اليوم التالي دعاها لزيارة مصانعه، وتركت نفسها تذهب إلى مصانعه وإلى شاليه يملكه في الساحل الشمالي.. شعرت بسعادة غامرة وهو يُلقيها على السرير، ويُقبِّلها تقبيلًا. سألته السؤال التقليدي في مثل هذه الظروف التقليدية:

ـ هل تحبني؟

أجاب كما هو متوقَّع تمامًا:

ـ أعبدكِ.

حكت لخالد فقالت له:

ـ هناك شخص آخر.

أومأ برأسه كأنه كان يعرف، أو كان ينتظر:

ـ فقط أتمنى ألّا يكون شخصًا صعلوكًا، أو شابًا فقيرًا تافهًا

تَضيعين معه، أنتِ لستِ في وضع يسمح لكِ بالتعب
والكفاح من جديد، لا بد أن تسكني في شقة جميلة، أو
بيت معقول، يكون لديكِ سيارة ومجوهرات، ودخل شهري
مريح، وتسافرين لإجازة في الغردقة أو مارينا.
هزَّت رأسها وهي تهمس:
ـ أعتقد أنه سيوفر كل هذا وأكثر.
كالسهم المارق الخارق سألها:
ـ هل نمتِ معه؟
كذبت وقالت:
ـ لا.

٩

كان صمتها دليلًا على الرغبة ـ لديه ـ في استمراره.. فحكى
وقال:

ـ كان مشهد هذه السيدة، اسمها رضا، مثيرًا لكل كياني، أترصد
لها، وأتربص بها، أتابع تحركاتها وهمساتها، وصوتها حين
ينادي زوجها، الأستاذ خليلٍ، كانت تعمل موظفة في بنك،
أما زوجها فكان مهندسًا في هيئة المواصلات، يكبرها
بنحو عشر سنوات، رجلًا كسيرًا دائمًا وطيبًا، ويبدو أنها
كانت تقوده بكل قوة وقسوة، آمرة ناهية، إنها في السادسة
والثلاثين من عمرها، وكل مسامٍّ جسدها تريد شبعًا من
شبق.. ضبطتني مرة وأنا أرقبها من النافذة، وأستمني عليها،
ابتسمَت وضحكت، لم تصفق الباب، ولم تغلق النوافذ،
ولم تشخط وتنطر، ولم تشتكِ إلى أمي، ولم تقل لزوجها، بل
تآمرت معي؛ كانت إذا ما لمحتني خلعت ملابسها، وألقت

بجسدها عاريًا على السرير، واستدارت ولفَّت وأعطتني كل زاوية من جسمها.. وفي مرة قامت فجأة حتى ظننت أن زوجها جاء لها، وقفت أمام النافذة، وأشارت لي بأن آتي فورًا، نزلتُ سريعًا وجريًا إلى العمارة المقابِلة، ألهث وكلي جوع لها، مراهق مُرهَق بجسده، كان ساعتها فوران الشهوة، لم تهدني أفكار، ولم تقصم ظهري حوادث، فتحت لي الباب وهي ترتدي قميص نومها، أغلقت الباب وأحكمت عليه بالترباس، ثم أخذتني في صدرها الكبير النهم، غطستُ بوجهي فيه مبلَّلًا بعرق النشوة لمراهق في السادسة عشرة من عمره، ورنت ضحكتها تجلد قلبي عندما لمحَت المني المُراق تحت بنطالي، سخرَت وداعبتني: «مستعجل يا ضنايا وجعان قوي؟».

ربتت على كتفي وأدخلتني إلى الحمَّام، خلعَت ثيابي وأخذت تدلك كل جزء في جسدي، فأحيت الذي همد. كانت تدرِّبني وتعلِّمني وتحتويني وتملأني فخرًا بنفسي، وتعمل لديَّ أميرة وعاهرة وجارية، اختصرَت كل ما كان يمكن أن أتعلمه في سنين، نهمة وشبقة وشهوانية وحسية، مغرمة بجسدها وتعمل لدى نشوتها، تراها في الحياة العادية وقارًا وهدوءًا لا يشوشر عليه سوى صوت عالٍ أحيانًا، وضحكة ذات رنة قرع الصاجات.. على الفراش تصير كائنًا آخر محموقًا ومحمومًا ومثيرًا وصارخًا، تذوب في

الجنس، كأن جِنيًّا يتلبَّسها وهي تموج بما يلج داخلها، صارت تتعشق فيَّ وتتعبد في رجولتي، حتى نفخت كل سنتيمتر في جسدي، وشعرت بنفسي مزهوًّا وعاليًا أتحادث مع الناس من فوق، وأنظر إليهم في تعالٍ، أفهمتني أن زوجها كان عنِّينًا لا يُشبعها، وأن الله أرسلني ـ شوفي عندما نكتشف أن الله بذاته العليا أرسلك بنفسه ـ لإنقاذها من الانحراف، وأخذت بالساعات تشرح لي في غيبة زوجها في أثناء أوقات العمل، أو الإجازة، أو السفر السريع إلى بلدان مجاورة للتفتيش، تشرح لي أن الجنس هو أهم شيء في الحياة، وهو الذي يحرك الناس والبشر، وأنها تريد أن تنجب مني أنا، تريد طفلًا فيه جمالي ورجولتي. كنت مأخوذًا بها، ومجنونًا طول الوقت بإشباعها ورضاها، كانت تجذبني إلى أرض زلقة، وتثبتني في حياتها على نحو قاتل.. بمرور الأيام، وبغواية الجنس، كانت تحكي لي أسرار حياتها، وطلبت منها في نوبة غيرة تأكلني أن تقص لي كل مرة نامت فيها مع شخص، زوجها أو غيره، وكنت أستنطقها: «مَن هو؟ متى؟ وكيف؟ ولماذا؟ وهل شبعتِ؟ وهل سعدتِ؟ وهل انتشيتِ؟»، وكنت أقاتل في كل مرة هؤلاء الأعداء الذين هبطوا من فمها حكايات وخيالات، أقابلهم على أرضها وأقاوم ذكرياتهم لديها.. ثم تطورت الأمور وتصاعدت الأشياء؛ بت أغار عليها من زوجها حينًا، ومن جارها حينًا

آخر.. ذهبت إلى عملها أتردد على الشُّغل بعشرات الحجج من أجل أن أراقبها، ثم ظهرَت في خيالي دائمًا عارية مع آخر، تنوح وتلهث وتتأوه كما معي بالضبط، وصرت أسأل نفسي وهي تدور حول حياتي كقبضة عشماوي: «لماذا اختارتني أنا؟»، ثم أعود للسؤال الذي صار ينهش لحمي: «هل يمكن أن تنام مع أحد آخر غيري؟».

ظللت على هذا المنوال سنة كاملة، وأعدت الثانوية العامة طبعًا، ثم اسودَّت الدنيا أكثر وأظلمت على الآخر، كانت أمي تبكي بالساعات العشر، وكانت الكآبة تطغى على البيت تمامًا.. جاءتني رضا إلى شقتي مع أمي، إذ كانت قد أعيتها الحيل مع زوجها، طبعًا ستقولين طلبت منكَ أن تقتل زوجها. لم يحدث على الإطلاق، رغم أنني كنت على وشك الشعور بالرغبة في قتله كي تصبح هي وحدها ملكًا لي وحدي.

جاءتني ودخلت غرفتي، وأحكمنا إغلاقها ونمنا معًا، قد تكون أمي سمعت التنهدات والتأوهات، وقد لا تكون، فلا شيء بدا عليها إطلاقًا، لا الغضب ولا العتاب، هو فقط هذا البكاء الذي علَّمني ألَّا أبكي أبدًا.. ورضا تتقلب معي في الفراش، سألتها: «هل ممكن أن تطلَّقي ونتزوج؟». ضحكت وندمت على ضحكتها فورًا، لقد أشعرتني هذه الضحكة أنني طفل، لكن الكلمات التي امتلأت برغاوي

الكذب بعدها طغت على فؤادي، قالت: «يا ليت.. لكن الناس والدنيا ماذا ستقول؟»، وهذا الكلام الذي لن يبذل أي أحد أي جهد في توقعه. ولم يكن مفر من أن يظهر عادل، صديقي في المدرسة، كنت أعيد الثانوية العامة، بينما نجح هو، حكيت له في أثناء تمشيتنا على الكورنيش، وقلت له ونحن على المقاهي وفي الميادين، وتحت شرفة منزلها بالساعات. «هل تريد أن تهديها هدية؟!». «معي فلوس ويمكن...»، قاطَعَني: «وهل هذه فلوس؟ أقول هدايا يعني هدايا».

وقادني عادل إلى ثلاثة من زملائه. كنت دائمًا أقوى من عادل، أحميه في المشاجرات، ننتقم له من المدرِّسين الذين يقسون عليه، وكان مخلصًا لي تمامًا، لكن أحيانًا ما أشعر أنه غامض، أن شيئًا خلفه يكمن ساكنًا، كان هو عادل ابن الممثلة نادية الزيني، كانت تظهر في أفلام كثيرة وقتها، وتزوجت ضابطًا ثم مليونيرًا، وكانت مثار انتقاد لابنها دائمًا، وهجوم زملائه عليه، وكنت أدافع عنه، لكنه ذات مرة أكد لي أنه يكرهها، أنه يريد أن يقتلها ويتخلص منها، وطلب مني أن أذهب معه إلى شقته، وذهبت.

فاخرة وواسعة ومليئة بالخدم، وصور أمه تزين كل الحوائط، عارية الكتفين، مكشوفة النهدين، طبعًا كانت حاجة تكسف أن تكون أمك هكذا عارية أمام الجميع، عذرته وعذرت

زملاءه الذين كانوا يصرخون في وجهه: «شُفنا بز أمك في السينما النهارده».

طلب مني أن نجلس معًا ننتظرها في غرفة النوم. وجلسنا ساعة، اثنتين، ثلاثًا، زهقنا.. فقرر أن ينتقم، فتحنا الدولاب وسرقنا صندوق المصوغات، وضعناها في جيوبنا وخرجنا. انقلبت الدنيا...

كنت أتابع ما تكتبه الصحف عن هذه السرقة، تنهال بعشرات الحكايات وصور أمه التي أدركت أن هذا يزيد من الدعاية لها ولأفلامها، ثم فوجئت بعادل يأتي لي على غفلة: «أمي عرفت وتصر على أن تبلغ الشرطة، واستردت المجوهرات». كانت كارثة عليه وعليَّ، لم أصدق أنها ستفعلها، مجرد تهديد من امرأة وأم غضبت واشتعلت غضبًا في لحظة ما، طلب مني ونفذت محبة له، فتح لي البيت ليلًا ودخلت حتى غرفة نومها، ووضعت السكين على عنقها، استيقظت وكل بدنها يرتعش ويرتجف رعبًا، وقطرات العرق تزحف إليها من كل ناحية في الوجود. حذَّرتها: «لو أبلغتِ عن ابنكِ فسوف أقتلكِ». وهربتُ.

فتح لي الباب وهربتُ.. لعب عيال، أليس كذلك؟

١٠

أكَّد لي عادل أنني سأحصل على هدايا لرضا لو ذهبت معه، كان يصحبه ثلاثة آخرون من الشباب، لم أرَهم من قبل، لكن بعضهم يبدو حرفيًّا، ذقن نابت وشعر كثيف وحِدة في الطباع وأسنان صفراء، ما هذا المكان الذي أستطيع أن أحصل فيه على هدية مع هؤلاء؟ سرت بلا خوف وبلا تفكير مع عادل، ركبنا سيارة جمعتنا كلنا، يقودها أحدهم، دخلنا جاردن سيتي، الفيلات والبيوت الرحيبة والأشجار الكثيفة والشوارع الملتوية، وهدوء الهواء الرابض على الشجر، النوافذ العالية والبلكونات الدائرة والصفوف المتزاحمة من السيارات الراكنة بكل أنواعها الفخيمة، لم أعد أعرف أين نحن بالضبط، في أي شارع، حتى وقفت السيارة وهبطنا، كان مدخل العمارة المواجه واسعًا دائريًّا داخله أعمدة ملفوفة قوية وبلاط مربَّع كبير لامع، ومرايا على الجانبين،

وبواب نوبي هرم، ومصعد قديم أثري لم نركبه، دلفنا إلى ممر طويل يؤدي إلى باب خلفي، إلى دور أرضي بالكامل، دفع عادل الباب ببساطة فانفتح، وجدت نفسي في بيته، إنه الدكتور سميح، هذا الرجل الذي أراه في كل البرامج الدينية في التلفزيون، الوحيد الذي تستمع إليه أمي بانتظام في التلفزيون، لعله البرنامج الوحيد الذي تشاهده، صوره في كل الصحف والمجلات، واعظ ديني وخطيب في أكبر مساجد مصر حيث يقصده آلاف وتوزَّع أشرطته في كل مكان، حتى يكاد يطاردني في التاكسيات والميكروباصات وسيارة الأجرة، يخطب في الكاسيت بقوة وببراعة، نجم الإسلام كان الرجل، وجه في الستين من عمره، فيه ريفية فجة وملامح غليظة، أنف كبير وعين ضيقة وفم بفكٍّ قوي، قصير نسبيًّا، لكنه ممتلئ وله كرش خفيفة، أصابعه ذات عظام متينة وبارزة، وبطن كفه فيه نعومة غريبة لا تتسق مع انسجام جسده الغليظ، فيه هدوء ورزانة ووقار إذا سكت، وليونة ومرونة ولباقة وفخامة إذا تكلم، وعنف مدوٍّ وشراسة حامية إذا خطب، كان هو بوجهه وبجسده وحضوره يثير الرهبة والفزع في النفس، جلل مقابلته يبدو عند كل مَن يلقاه ويعرفه أو يتابع برامجه أو يحضر ندواته. كنت صغيرًا لكنني كبرت على أنه الشيخ الأكبر، والمعلم الكبير، والأستاذ الحكيم، والولي الصالح، ومن ثَمَّ لمَّا نغزني عادل أن

أصمت عن الهمهمات والأسئلة لم أسكت، وأصررت عندما رأيت صورة للدكتور سميح على الحائط.

«هل هذا بيته؟».

كانت روائح عطرة وبخور خفي ورطوبة كامنة تملأ أجواء البيت، فيه عتمة وظلال خفيفة من الضوء تتسرب خلال نوافذ شبه مغلقة، وصوت رقرقة ماء وطقطقة نار تشرخ صمت المكان، فيه قِدم معبد فرعوني وهواء آثار إسلامية، لكن المكان كله ينطق بالثراء، أطقم الأرابيسك، السجاجيد على الأرض عالية وغالية، أكلمة ملونة بطرز يدوية على الحوائط، مطفأة من العاج، فازات ورد من الصيني النادر، نجف يتدلى بحفاوة وكثافة منفوشًا كريش الطاووس... جلسنا على أريكة في مواجهة أحد الأبواب. لم أفهم ماذا يجري، حين خرج الدكتور سميح يرتدي جلبابًا أبيض خفيفًا يظهر من وراء شفافيته لباسه وفانلته الداخليان، وقور لكن في وقاره خفة، مد يده مُحييًا فصافحه كل منهم مقبِّلًا كفه في شيء من الاستغراق اللزج، لم يكن يسحبها أو يشكرهم أو حتى يومئ برأسه لهم، كان يتأملهم في ضعف.. لعب الفأر في عبِّي، سحب عادل نظرته من كف الرجل إلى وجهي، وابتسم في دلال وهو يتحدث إلى الدكتور سميح: «هذا زميلي محمود يا سيدنا الشيخ».

مد كفه ومسح على رأسي، تسللت أصابعه في رأسي.

«بارك الله فيك يا أخ محمود».
كأنه يُدخِل إصبعه في عيني!
«مالك مربوك ومهزوز؟».
تَدخَّل عادل: «ولا يهمك يا مولانا.. أصله خام.. لكن بيحبك خالص ومن مُريديك».
جلس على مقعد عالٍ وثير أمامنا، قرفص ساقيه كعادته، وتعمد أن يُظهر ساقيه عاريتين فوق الركبتين. تأملَنا، ثم وجَّه كلامه إليهم: «كل واحد منكم يدخل غرفة الهدايا، ويختار أي شيء يريده، فيه أثواب قماش وعطور منحة من الله». قام وأمسك بيدي في خشونة: «تعال أنت معي، سأُريك بنفسي».
فتح بابًا ودخلنا، كانت غرفة ضيقة لم أتبين ملامحها من تلك العتمة التي سيطرت على أجوائها، في المنتصف كان مقعد عالٍ وواسع وبلا مساند، جلس عليه، وفي هدوء قال لي: «تعالَ اقترب، اجلس بجانبي لتحل عليك البركة».
مأخوذًا ومرتبكًا وافقته. جلست بجانبه فالتصق بجسده فيَّ، كأنني رأيت ريالته، لعابًا في جانب فمه.
«ما تيجي تقعد فوق حجري أدعو لك يا حبيبي».
كلمة «حبيبي» مزَّقت أذني! مهزوزًا تمامًا ودائمًا وجدت نفسي على فخذيه اللتين بان ما بينهما قويًّا ومُستقيمًا، مد يده سُريعًا إلى قميصي، فلك الزر ثم بقية الأزرار، بلهفة قطع

فيها بعض الأزرار، عبث بأصابعه في شعر صدري وبطني، ثم وهو يتمتم بألفاظ غريبة مدموغة قبَّلني بعنف في شفتيَّ، فقمت فزعًا أشعر كارثة اغتصابي، ووقفتُ مشلولًا أمامه غير مُصدِّق، ذاهلًا مما يجري.

«فيه إيه؟! بتعمل كده ليه؟!».

ارتعش هو من الفزع أو نشوة حمقاء لا أعرف. قام واقترب مني، حاول أن يلفني بذراعيه، دفعته بعنف وغضب، تراجع غير متزن، ترنح فسقط على المقعد، فبدا كأنه يرتد إلى شخص آخر، وبدأ يدعو ويتمتم: «حسبي الله ونعم الوكيل.. اغفر وارحم.. اغفر وارحم».

أخذ يرددها كالمهووس.. ثم: «يا الله يا الله»، وأنا واقف لا أعرف ماذا سأفعل! انتابني سيل من الكراهية والألم والإحساس بالدَّنس، تقدمتُ نحوه وضربته لكمة في وجهه أسقطت دمًا غزيرًا نازفًا من فمه وشفتيه، وهو راهب خائف مرعوب، أحسست غضبي يتراجع، وإحساسًا هائلًا بالشفقة عليه، خرجتُ مجنونًا من الغرفة أبحث عن عادل، وجدتهم كأنهم كانوا في انتظاري، في يد عادل كيس بلاستيكي مليء بُرُزم النقود الورقية، شخط فيَّ مع رفاقه في حدة وسرعة: «ماذا تنتظر؟ هيا بنا نخرج».

كانوا يُعدون لسرقته، وكانوا يريدون وجهًا جديدًا يشغله، هذا كان موعدهم معه كل أسبوع، لا أحد يعرف أن هذه

الشقة ملكه، وقد فرض حصارًا على شذوذه مقصورًا على بعض من الشبان الذين احترفوه تمامًا، بعضهم كان يعمل لدى أجهزة المباحث ليصوره ويبتزه، وآخرون قرروا الانتقام من شذوذه وشهرته الدينية فائقة التصور، بأن يسرقوه.. وقد تحدوا أن يبلغ هو عن السرقة، خمسين ألف جنيه، لكنه لم يستطِع أن يبلغ؛ إن بلاغًا مثل هذا يسبب الفضيحة! تركوه وانصرفوا.. تقاسموا المبلغ، وأعطاني عادل خمسة آلاف جنيه كي أسكت أو أنسى!

وقد سكتُّ ونسيت.

فقط لم يعد في جسدي ضلع واحدة سليمة.. سقطت كل الثوابت والمعايير والقيم وكل هذه الأشياء التي ستُصدعين رأسي بها في أسئلتك.. وكان الخوف والحزن قد ماتا أيضًا، ثم إن أمي قد ماتت كذلك!

ـ كنت وحيدًا، لا شيء في وجودي سوى رضا التي تحوَّلت من جسد إلى حياة عندي.

فراغ البيت، ووحشة الدنيا، وفشل الدراسة، وخواء النفس، وخواء الآخرين، كل هذا كانت رضا تطارده داخلي، وتُقدِّم سببًا للاستيقاظ.

في اليوم التالي لم أشغل بالي بأحد غيرها، ولم أفكر في اصطياد امرأة أخرى، أو أن أحب فتاة، أو ألقي نفسي ـ مثلما فعل عادل ـ في بئر المخدرات وشرك العصابات.

فضلت أن أغرق في وجداني، وأن أوفر كل ما لديَّ من قوة وخيال ورجولة لهذه المرأة التي لفت بذراعيها حول حياتي، وكنت سعيدًا.. كنت مهووسًا بها، وحدها التي كانت تظهر في منامي، وهي التي أفكر بها ليل نهار، صورة لا تفارق ذهني، كلمات لا تبرح أذني، كل هذه الطقوس المهووسة

التي يشعر بها العشاق الذين يكتشفون أنهم لم يعرفوا أي شيء في دنياهم سوى معشوقتهم، كان عرقها وفخذاها وتبة بطنها وانكشاف صدرها هي كل مؤهلات الدنيا كي تستمر عندي، حتى بعد تلك المحاولة الفظة لاغتصابي من الدكتور سميح، تبخرت رغبتي وباخت شهوتي تمامًا فترة من الوقت، حكيت لرضا التي استغربت واندهشت وهبطت عليَّ بوابل من الأسئلة والاستفهامات، لم تُصدِّق، راجعتني عشرات المرات لعلي كنت مُخطئًا، ولما أعوزَتها الحيلة صبت عليه لعناتها، ثم أخذت تحاول استعادة رجولتي، بذلت مجهودًا لأيام طويلة وساعات أطول حتى استنطقت همَّتي، وكان أجمل قذف في حياتي، وكانت ساعتها بطلة، كل مسام جسدها تنضح شهوة وشبقًا!
كنت أصعد درجات السلم الخلفي وأدخل إلى شقة رضا، حتى شممت رائحة غريبة، تقدَّمت من المطبخ، فتحت الباب، تنهدات، ثم تأوهات قادمة من غرفة النوم، نعم.. ماذا يجري؟ لعله زوجها معها، لكنه مسافر.. ثم إنه عليل كما أفهمتني! ساعتها كنت قد فقدت عقلي، فقدت كل ما له علاقة بالوجود، كأنني جدار من حجر سقط دفعة واحدة، تفتَّتُّ وتناثرتُ وانهمرتُ و... وكل هذا ولم أتيقَّن ولم أعرف ماذا يجري.. اندفعت صوب الصوت، كان باب الغرفة مواربًا، وكانت مؤخرة رجل غريب غيري تصعد

وتهبط فوق جسدها البض العاري، وكان فحيحها هو نفس فحيح اللبؤة المهتاجة المستمتعة، وعُريها بعرقها بنشوتها برغبتها الغامرة، كانت فخذاها تستقبلان آخر، وتحتفلان بذَكَر غيري، بنفس الحفاوة والإقبال والقدوم، كانت أمامي امرأة لبؤة فاجرة، وحلم محطَّم، وضياع نهائي وكامل، وإفراغ للحياة من أي معنى ـ ولو فارغًا ـ لها.

انتفضتُ، شعرتُ بقلبي يخرج من مكمنه، وكل سواد دنياي ينطلق من معقله، جامحًا، جامعًا كل طاقات الحقد والكراهية والألم والدنس التي اختلطت وتشابكت، كأنني خرجت لحظتها خارج نفسي، وأخذت أتابع نفسي وهي تفكر، وهي تتحرك؛ شخصًا آخر أعرفه، وصرت لحظتها كذلك مُعجبًا به مغرمًا بهواه، فارسًا يمثل بطولة أحلامي، قويًّا ناريًّا، رجلًا أتمناه لنفسي، كنت أرى وأتابع، روحًا محلقة مستسلمة وسالمة تمامًا من أي أفكار، تلك القبضة التي أحكمت أصابعها على سكين المطبخ الطويل كانت قبضتي قطعًا، وتلك الروح المتفجرة غضبًا وانتقامًا كانت روحي، كأنها لهب يخرج من عين بوتاجاز ينفجر، هذه النار الطليقة التي كسرت ضلوعي وخرجت بلسانها القابض على جمر السكين، لم أعد أسمع أي صوت، كأن أحدًا نزع فيشة الكهرباء من جهاز كاسيت فخرس، وليس أمامي سوى سواد محموم بالعتمة، وضباب أجساد وجلود، أعضاء عارية،

أثداء وأفخاذ وعورات وفم مفتوح وعرق ومَنيٌّ وأصابع، كان السكين يرتفع ليهوي على عضوه الذكري، فأطحت به مرة واحدة إلى السقف وسقط خاويًا كسقوط رَجُله الذي نزف مثل نافورة دم أغرقت قميصي، فامتعض حقدي أكثر فغرست السكين في بطنه، كانت رضا تصرخ كالمتشنجة المجنونة، أحسب أنني لو تركتها دون ما فعلته لقضت بقية حياتها في مستشفى الأمراض العقلية، لكنني ساعتها كنت أحمل طاقة غضب غضب عليها، ممرورًا ومجنونًا وعاتيًا. خيانة غير مبررة، وغير منتظرة، فُجر فاجر قميء، وتحطيم لعالمي، وكسر لقلبي.. كانت لحظة قابضة على مفصل عمري حين هويت بالسكين على ثدييها فتدليا مقطوعين مُعلَّقين غارقين في الدم، ثم بعنف لم أنشده في نفسي بعد ذلك مُطلقًا غرست السكين في فرجها، انهمر الدم نهرًا، وكانت تغمض عينيها كغمضة النشوة وهي ترحل بعيدًا وتموت وتأخذ من داخلي كل قطرة مشاعر كنت أملكها. تعبت يداي وانهدت قواي ولا تزال، لم تَدخل شاردةُ عقلٍ بعدُ إلى رأسي، ما زلت أشهد على نفسي وأشاهد روحي، التفت غارقًا في الدم ممسكًا بالسكين، فإذا بزوجها، نعم زوجها، يقف كأنه واقف منذ سنين طويلة، هنا على عتبة الباب منذ ولد، يرى سفك الدم وطلوع الروح والتقتيل بهدوء ودعة، قال لي: «ارمِ السكين وغيِّر هدومك وروَّح».

كان يُملِي عليَّ التحرُّك والتصرُّف.
يا الله! أكان يعرف؟
شخط فيَّ: «بسرعة.. امشِ يا وَلَه».
ألقيت السكين ومضيت.
بعدها عرفت أنه اعترف بأنه القاتل.. اكتشف خيانتها فقتلها.
كان يريد أن يقتلها فقتلتها له.

١٢

تنهَّدَت مهدودة، دخلَت في هذا النهار الراحل صالة التحرير، كانت تتمناه وتحتاج إليه فلم تجده، مكتب حسين خالٍ، والمجلة هادئة، احتاجت إلى شيء من الراحة فاتخذت نفس مكان حسين، التفتت إلى لوحته المكتوبة بخط جميل يحمل شعر محمود درويش يعلقه على الجدار أمامه:

أما زال من حقِّنا أن نُصدِّق أحلامنا

ونُكذِّب هذا الوطنْ

صورة أبيض وأسود لصلاح جاهين تحت زجاج المكتب، يبتسم صلاح جاهين في مرح طفل، ملتصقة بها صورة أخرى أبيض وأسود لصلاح جاهين أكبر سنًّا وأكثر حزنًا، ورأسه ينظر إلى شيء ما بعيد غامض. وبخط حسين كتب على الصورة الأولى رباعية:

أنا اللِّي بالأمر المحال اغتوى

٧٩

شفت القمر نطيت لفوق في الهوا
طلته ما طلتوش إيه أنا يهمني
وليه ما دام بالنشوة قلبي ارتوى
الصورة الحزينة كُتب إلى يسارها فوق فراغ في الصورة
وبخط دقيق منمنم:

ليه يا حبيبتي ما بينًا دايمًا سفر؟
ده البُعد ذنب كبير لا يُغتفر
ليه يا حبيبتي ما بينًا دايمًا بحور؟
أَعَدي بحر ألاقي غيره اتحفر

تمتمت بالأبيات هامسة حزنانة، صورة صغيرة مقلوبة على ظهرها موضوعة تحت الزجاج، أقصى يمين المكتب ناحية المقعد، اندهشت، الصورة خلفها تاريخ التقاطها منذ سنوات، رفعت الزجاج، ثقيل وحاد، حاولت، ملتصق إلى حد الانطباق على سطح المكتب المعدني، تقَوَّت وتحمَّست، رفعته بالعافية، مدت يدها مرتعشة، سبابتها تحاول جذب الصورة بسرعة وبرقة؛ خشيت عليها من التمزق من شدة التصاقها، حاولت مرة أخرى، ستتمزق حتمًا، قامت ووضعت ذراعيها ناحية المكتب، قررت أن تقلب اللوح الزجاجي كاملًا حتى ترى الصورة بوجهها، رفعته إلى أعلى، إلى أكثر من نصف دائرة، ها هو ذا وجه لصورة يظهر.. مَنْ؟ معقولة؟!

صورتها، صورتها أبيض وأسود، إنها صورتها الفوتوغرافية

التي كانت معها في أول يوم دخلت فيه المجلة، متى حصل عليها؟!

«تحبني يا حسين حتى الفضيحة».

حادثَت نفسها، هاتفت قلبها، وقفت على حالها تنظر متأملة متنهدة، حسين الريفي الجميل الذي منذ رآها في المجلة لأول مرة ترك قلبه تحت قدميها ومضى.

لم يضع اعتبارًا، ولم يصنع حواجز أمام مشاعره، كانت متزوجة ولكنه أحبها.. ولم يحب غيرها.

طُلقت وارتبطت بآخر.. وهو هنا يحبها.

خافته أحيانًا، وتعاطفت معه أحيانًا أخرى، وأحبَّته مرة، آه لو تعرف يا حسين! متأكدة هي أنه سوف ينتحر أو تسقط الدنيا كلها أمامه لو أدرك يومًا أنها تتعرَّى أمام أحد، أو أنها تفتح فخذيها لرجل، لو حكت له أنها قبضت بقبضتها على عضو رجل ما عاريًا وساخنًا، إنه يظنُّها الملاك الحارس، المرأة المخلوقة من نفخ روح الرب، ولدتني أمي تحت جذع نخل لبلح رطب.

كاد الزجاج بثقله يسقط على كفيها وقد ارتختا، مرتبكة تحاول إعادته إلى مكانه، تصلح من وضع صورتَي جاهين في موضعهما الأول، عادت بظهرها إلى المقعد وهي تحدق إلى ظهر صورتها، رفعت رأسها مع تنهيدة حارة فوجدته أمامها متصلبًا.

ـ حسين! معقولة؟!

وجهه امتلأ خجلًا بنصف كرات الدم الحمراء التي يملكها، ابتسمت ثم ضحكت:

ـ فيه إيه يا حسين؟ ما أنا عارفة إنك بتحبِّني.

انقبض وتوارى وجهه خلف حزن ممضٍّ، ساخرًا من نفسه أو معذِّبًا لنفسه قال:

ـ أصلُح حكاية مسلية لأصدقائك.. مجنون ليلى!

بادرته متجاهلة سخفه:

ـ تعرف لماذا لم أُحبك يا حسين؟

كأنها معلومة يعرفها لأول مرة، فانخرط في توتر مكتوم وإحباط مُغرق، استمرَّت تتحدث:

ـ لأنني لو أحببتك ثم حكيت لك بعضًا مما عايشت وعرفت وعملت وارتكبت وأحببت وصادقت لقتلتني من فرط حبك وغيرتك!

يستعيد قوته المستعارة، جلس على الكرسي المواجه لها:

ـ طبعًا.. قتل.. لقد أثرت فيكِ جلساتك مع سفَّاحك الوديع محمود حلمي!

ـ مشكلتك أنك لن تطيق أن تسمع حتى ما فعله محمود حلمي، لن تتحمله يا حسين.. أنت طهراني تشبه راهبات الأحد اللاتي يتضرعن إلى الله طالبات المغفرة، لأنهن نسين أن يُسبحن بحمده بعد الإفطار.

ممتعضًا كأنها تخون صورتها في قلبه:

ـ يبدو أنكِ تستمتعين على الآخر مع صديقك!

ـ أيهم؟

ـ هم كثير؟

ـ أووه.. هم كثير، ولكن لا شيء نعرف عنهم.
تطعنه وهي تدرك، وهي تريد، وهي تتلذذ.

ـ فقط أريد أن أقول لك يا مي إنكِ تداعبين التمساح.

ـ نعم؟

ـ رغبتكِ الشديدة في التمرد على واقعك، في زعمكِ لحرية
عقلكِ وأفكاركِ، وأيضًا جسدك، التعامل كأنكِ بلا عورات
تخشين فضحها، التحدي لكل ما هو مألوف، الرغبة في
التجربة حتى لو كانت تجربة هيروين، الإعجاب أحيانًا
مُضمَر وتحتي، ولكنه موجود بالقتلة والخارجين عن
القانون، لا داعي، الخارجين عن المتبع والعادي والواقعي
والمثالي.. كل هذا يؤدي بك أحيانًا إلى وضع يشبه الذي
يداعب تمساحًا متخيلًا أنه بصمته وعينيه الدامعتين يبادله
اللعب والمداعبة، لكنه فجأة...

نهض حسين من مقعده، ومال على المكتب بجذعه حتى كاد
يلمس صدرها بذقنه وهو يفتح فمه بأقصى اتساع مُصدرًا صوتًا
مقلدًا الزئير أو الفحيح وأكمل:

ـ فجأة يأكلك.. يقطع لحمك ويبلعك!

ضحكت وهي تغرق في وجهه متحدية طفولته وبراءته:

ـ إذن سأكون مثل النبي يونس في بطن الحوت، سأنجو وأرسو على بر الأمان.. ألستُ ملاكًا في نظرك؟

وقف أمامها معتدلًا، حاول أن يبادلها الطعان فقال بسرعة وبلهفة:

ـ لا تنسي أن إبليس كان ملاكًا.

في حدة وارتياب ردت مي:

ـ ما الذي أعادك هنا؟ ألم تكن رحلت؟

في رقة مذنبة أجاب كأنه يدلي باعتراف:

ـ رأيتُ سيارتكِ واقفة أمام المجلة فعرفت أنكِ فوق، صعدت.

ـ كي تُسمِّم بدني بكلامك؟!

ـ كي أطمئن عليكِ.. ما أحوالكِ مع السفَّاح؟

عادا إلى حوارهما مثل كل مرة، أسقطا كل كلامهما الخاص الحميم والمتوتر المشحون خصوصية، واستكملا حوار الصداقة والزمالة نازعين منه إبر إطلاق النار.

ـ مرتبكة جدًّا يا حسين، إنه مفزع، يفجِّر ألغامًا في الطريق أكثر من ألغام «العلمين».. إنه يحكي فأحس طرطشة نافورة دم على ملابسي.. على صدري.. إحساسًا هادرًا يشق قلبي.. بمرور الوقت تحول إحساسي مقتًا ربما، كراهية احتمال، خوفًا ممكن جدًّا، لا أفهم أي سبب يمنعه من أن يطبق في أي لحظة على عنقي ويخنقني.

ـ غريبة!

ـ لماذا؟ لأنني كنت معجبة به في البداية؟

ـ ولأنكِ تحاولين التملص من أنكِ معجبة به الآن، تبرئين
نفسكِ من الإعجاب به، رغم كل الدم والقتل الذي يحكي
لكِ عنه.
ـ أنتَ لا تعرف ماذا يقول.
قام مسروقًا فرحه، واضعًا النقطة في آخر سطر:
ـ أنا أعرف ماذا أرى.
ومضى هاربًا.
قامت، وقفت، في نفس مكانها، صرخت فيه:
ـ ستظل حمارًا يا حسين أطول فترة ممكنة.
عاد برأسه من الباب وأطَلَّ:
ـ إذن.. لا تذهبي إليه مرة أخرى.. توقفي عن لقائه.
صمتت تمامًا وظل هو في مكانه، رأسه فقط يطل:
ـ عرفتِ أنني على حق؟
بادرته:
ـ ربما أريد أن أكشف العالم معه.. إنه الجانب المعتم من
القمر.
مستهترًا بإجابتها:
ـ دا انتِ اللي قمر.
اختفى برأسه، ومضى في الممر الطويل خفيض الضوء،
وجدها خلفه تجري نحوه مندفعة، بين الهزل والجد ضربت
بقبضتها على كتفه فارتد إلى الخلف.

ـ تريد أن تصدق أنني أحب السفَّاحين، أنني مجنونة مخرفة ومنحرفة لدرجة أنني أُعجب بقاتل؟!
ضحك وسألها:
ـ أخبار الملياردير حسن السيسي إيه؟

في حدة وجرأة نظر محمود حلمي إلى الصول عبد المجيد الجالس يقرأ جريدة مسائية ممعنًا النظر في صفحة الحوادث، شعر عبد المجيد بشعاع ناري فوق جبينه، فرفع رأسه فرأى محمود حلمي محدقًا إليه، صوت تغزوه الرعشة قال:

ـ خير يا محمود بيه؟

ابتسم محمود باتساع فمه:

ـ هات شاي.

والتفت إليه في ثقة:

ـ طبعًا من غير سُكَّر.

أومأت برأسها، فقال مخاطبًا وآمرًا عبد المجيد:

ـ خلاص.. اجعله قهوة سادة.. في فنجان.

مد يده وأخرج علبة سجائر «المارلبورو» البيضاء من جيبه، دعاها إلى سيجارة، فأبت، ثم وافقت، وفي صمت ودَعَة خَدِعةٍ

يجلسان، إمعانًا في تحديه أو استسلامًا له، أو رخاوة المقاومة، أو توتر المقابلة، أو كراهيتها للمكان، أو أُلفتها مع الجدران.. دخنت هذه السيجارة معه، فقد اكتسب هو ثقة أعلى في نفسه ووجد سطوة روحه على مقاليد مي الجبالي، تهيأ أو هُيِّئ.. فقال حكيًا وفخرًا تنغزه إبر صدئة لا يدرك هويتها، لكن يشعر نغزها حارًّا وحارقًا وحادًّا.. قال:

ـ بقيت شهورًا كسولًا مسلِّمًا أمري، لا أفعل سوى الأكل ومشاهدة الفيديو، وأطلقت لحيتي ثم حلقتها بعدما استجوبني مرة كمين شرطة، تسكعت بأموال الدكتور سميح أطول وقت ممكن، وصورة أنوثة رضا لا يمحوها خيالي، أتمعن كل قطعة في لحمها، أتحسسه، أتذكره، أشمه، أجلب شهوتي عليها، ولكن المرارة لا ترحل أبدًا عني معها، أشتهيها انتقامًا، وأتذكرها كراهية، وأتوق إليها مقتًا، ولم أندم وهلة، لحظة، ثانية، غمضة عين، على قتلها، شعوري بخيانتها كان قاسيًا ومريعًا وثقيلًا بحمولة حزن الدنيا كلها فوق ظهري، حتى زوجها الذي أنقذني من حبل المشنقة، لم أتعاطف معه، نعم ضعيف هو ومُكره ومكروه، وكان خاتمًا في إصبعها.. رجل ضعيف كرهتُه لضعفه وخيبته، وتمنيت وحلفت وقطعت على نفسي يمينًا ألَّا أكون مثله أبدًا، أنا لا أحب الأضعف، ولا أرتبط بالأخيب، كلهم سيكونون عابري سبيل في

حياتي، وها هي ذي حياتي أساسًا لم يعد فيها أحد، الكل
راح حتى أنا، أحسست لحظة أن كائنًا يخرج من جسدي
ويمضي يتركني وحيدًا، أحسست ذلك في حلم أو علم
لا أدري، لكنني بلا قلب ولا شفقة وبلا ندم ولا تردد،
أشعر قوة جبارة داخلي تنتفخ كلما هربت ومشيت
ورأيت الناس حولي، ضعفهم وهوانهم وقلة حيلتهم
وفقرهم وتصارعهم على التوافه والفتات، كلما نظرت إلى
السيارات الفارهة الشاهقة والنسوان الحلوة عرفت أنني
الأقوى، بيدي وفي يدي القدرة على إنهاء حياتهم، إراقة
دمائهم، إزاحتهم من الحياة، مرة قفزت إلى نادي الجزيرة
الذي أسمع عن غناه وثرائه وناسه وفخامة أعضائه وبياض
نسوانه، دخلت وجلست ونظرت ورأيت، لم أشعر بذلك
الانبهار الذي يحكون عنه، ولم أحس أنهم أفضل مني،
فقط كانت المشكلة هل يمكن أن أثبت لهم أنني الأقوى
فأقتلهم جميعًا؟ إنهم كثيرون جدًا، وجلست أقسِّم أيامي
وساعاتي، ما الذي يكفي كي أقتلهم جميعًا؟

ـ لقد صرتَ سفَّاحًا إذن؟

ـ الفارق بين القاتل والسفَّاح، أن القاتل لا يريد أن يقتل،
قد يضطر إلى ذلك ولو عن سبق إصرار وترصد، يعني
شُفت قتلة كان نفسهم ألَّا يقتلوا أبدًا وتظل أيديهم بلا دم..
أما السفَّاح فهو الذي يستمرئ القتل ويجده حلًّا لمشكلاته

وأزماته وإعلانًا عن كراهيته للدنيا، فبدلًا من أن يقتل نفسه، يقتل الآخرين.

تقَوَّت مي، استمدت منه ومن حكاياته ومن تمردها ومن رغبتها في كسر القواعد، شيئًا من القوة، ربما تدخل نفق التلذذ الآن.. فسألته:

ـ وأنت مَن فيهم؟

ـ أنا لست قاتلًا ولا سفَّاحًا، أنا فقط في حاجة إلى انتظارك للنهاية.. لآخر المطاف.

عاد برأسه إلى الوراء وأخرج نصف كيلو أدخنة من صدره.

ـ ثم إنني لست في حاجة إلى حُكمك، أو إلى حُكم، تذكري ذلك جيدًا.. اسمعي، إن أكثر ما كان يشغلني وأنا جالس أتأمل العالم كله بناسه ورجاله ونسائه من حولي، هو سؤال: مَن يستحق القتل أولًا؟ لا: مَن يستحق القتل فيهم؟ زاهر عيد مثلًا كان يستحق.. لكنه لم يكن الأول، حظُّه، نعمل إيه؟

ـ مَن زاهر عيد؟

ـ هذا يحتاج إلى أن يظهر عادل، مرة اتلم عادل على أصدقاء أمه الفنانة، بعضهم كانوا من عُشاقها، وآخرون كانوا يستخدمونها، على الأقل يستخدمون صدرها الذي أكتشف مع كل ليلةِ سجنٍ أنه كان يستحق القطع منذ البداية. أحد هؤلاء كان زاهر عيد، رجل طويل وعريض وبكرش كبيرة، ويلبس بِدَلًا طول الوقت، كأنها عقدة من طفولته، لم أرَه قَطُّ

بغير البدلة، كان يخلع البدلة وينام بالفانلة واللباس، وعندما يصحو بالفانلة واللباس يستحم ويرتدي البدلة.

كل الناس كانت تقول عنه إنه تاجر مخدرات، لكن كل الدنيا في مصر تقول عن الأغنياء فجأة أو حتى بالتدريج إنهم تجار مخدرات، لم أكن أصدق ذلك بسرعة، أولًا لأن في البلد تجارة تأتي بأرباح أكثر من المخدرات، ثانيًا لو كان كل الذين أراهم في حياتي من الأغنياء، أغنياء لأنهم تجار مخدرات، فمعنى ذلك أن لدينا تاجر مخدرات لكل ثلاثة مواطنين مصريين.

المهم، زاهر عيد يملك ثلاثة أو أربعة معارض سيارات، بيني وبينك صعبة أن يكون غنيًّا ثريًّا بالملايين من مجرد هذه المعارض الأربعة.. أخذني عادل من يدي مرة وذهبنا إليه في فندق «سميراميس»، في صالة القمار، إنها مقصورة على الأجانب، يدخلها الزبائن بجوازات السفر الأجنبية فقط، لذلك اشترى زاهر عيد جواز سفر سليمًا مائة في المائة من سفارة ليبيريا، إنهم يتاجرون في هذه الأشياء، أصبح زاهر عيد مواطنًا أفريقيًّا من ليبيريا، دعك من أن وجهه أبيض بياض لحم الرومي.. زاهر عيد كان من أكثر زبائن الصالة، وكان اسم شهرته هناك «زاهر ليبيريا»، مقامر من طراز فريد، هكذا حكوا لي، وهكذا رأيته، عين صقر، وأصابع نخَّاس.. ذهبت مع عادل الذي يعرف كل شبر

في الفندق، ومن دهاليز إلى مطابخ إلى غرف إلى سلالم خلفية إلى سطح إلى رجال أمن، كأنك في فيلم أمريكاني، المسألة لم تكن بهذه الفخامة لكن بهذه الغرابة، الموائد الخضراء والفيش والقواشيط واللوحات العالمية على الحائط، ووجوه الأجانب ونسوان الأجانب، ومع ذلك فيه وقار غريب، الناس تمارس اللعب كأنها في كنيسة يوم الأحد، أجراس وأدب على الآخر وأخلاق، قاعد وسط شيوخ وقساوسة يا اخواتي! حركة منظمة وأصوات قرع كؤوس على ضرب قواشيط على تأوهات حريمي، فجأة لقيت نفسي مع عادل وراء زاهر عيد مباشرةً، ضحك هو وربت على كتفَيْ عادل وقال له: «خذ محمود واشربوا حاجة وسأحضر لك حالًا».

عادل وقد كبر بشاربه الرفيع الحاد أخذني من يدي، ووجدت نفسي في غرفة بار واسعة وفيها ناس هنا وهناك، وقفنا حول منضدة صغيرة دائرية طويلة، تجرع كأسًا نزعها من البارمان، وفي هدوء شديد وبرود نذلٍ: «زاهر عيد يريدك في شغلانة كبيرة».

«منذ متى أصبحتَ صديق أصدقاء أمك؟».

«ماذا تقصد؟».

«قصدي أنت تشتغل معها أم بتشتغلها؟».

«ماذا تقصد؟».

قالها بغضب، قلت ببرود: «قوَّاد يعني».

رفع كتفيه بلا أعصاب وبلا حنق وبلا أي قطرة دم: «هل هذا جزائي؟ أريد أن أنطِّقك.. أنا جبان! يا واد يا محمود، إنت الراجل فينا، لذلك أحتاج إليك، لكن إنت خشن وحمار ومغفل وحبِيب، أعمل فيك إيه؟ أريد أن أطوِّرك بدلًا من قتل امرأة خائنة وشرموطة».

ارتعش بدني واهتز قلبي وارتجفَت روحي وتزلزلت أصابعي مع جمود كالثلج في فخذي وظهر ساقي: «عادل!».

«وهل أبقيتَ أنت عليَّ كي أبقي عليك؟ أنا أعرف من اليوم الأول أنك أنت الذي قتلت رضا لا زوجها، زوجها كان عَرَسًا وشُرَّابة نُرْج، وأنت الوحيد الذي تفعلها».

خرستُ تمامًا.. شيء ما غامض ألجمني، وكنت أريد أن أقتله، لكن شيئًا ما منعني.. المفاجأة، الصدمة، لكن سبيلًا من الفخر والفخار غمر روحي وكان سر صمودي أمامه.

«طيب يا روح ماما، زاهر عيد ماذا يريد مني؟».

نظر عادل إلى زاهر عيد الذي جاء ضاحكًا، احتقن عادل وضغط بذراعه على كتفيَّ وطوَّقني تحت إبطه.

«أهلًا بالرجالة».

دس يده في جيب البدلة وأخرج رزمتين من النقود، وضع إحداهما أمام عادل: «هذه ألف جنيه لك يا عادل». ثم دفع بالثانية في صدري وهو يبتسم: «وهذه ثلاثة آلاف لك يا بطل».

نظرت إليه ثم إلى عادل ثم عدت لزاهر وقلت: «لماذا؟».

«ألم يخبرك عادل بعد؟ ولا أي حاجة.. رصاصة بشلن».

«في دماغ مَن؟».

ضحك جدًّا حتى ارتعش بدنه، ومضى بظهره وهو يشير إلى عادل: «سيقول لك التفاصيل».

ثم استدار ورحل.

١٤

ـ كانت الغرفة مطلة على النيل، حيثما نظرت وجدت النيل، الليل يكسو القاهرة، والأضواء ثملة في العمارات والفنادق، وضعت أنفي ملتصقًا بالزجاج، ستائر ثقيلة وأفكار كثيرة أزحتها وتركت عادل يشق طريقه نحوي، أراه واضعًا ساقًا على ساق، صورته منعكسة في الزجاج أمامي، يعبِّئ لترات من الخمر ويبتسم بين حين وآخر وينفخ عروقًا غرورًا.

«أنا فخور بك يا واد، لهذا قلت لزاهر باشا عنك، ثم إن قتيلًا مثل عشرة، وإذا كانت الست اللي فاتت شرموطة فالراجل اللي جاي مفتري».

أخذ عادل يشرح لي طوال الليل حتى نزلنا في الفجر نركب مركبًا شراعيًّا من أمام الفندق ونمخر في النيل. كنت نائمًا على الوسائد المتسخة في المركب، وكان عادل قد صرف

المراكبي بعيدًا، نفحه عشرين جنيهًا إضافية وأخبره أنه بحَّار لا يخشى الغرق.

«كل الحكاية أن زاهر عيد رئيس المجلس المحلي لمحافظة قريبة، ويعتزم ترشيح نفسه في الانتخابات القادمة، يعني بعد سبعة أشهُر، وحكاية أنه تاجر سابق للمخدرات سوف تشوش على مستقبله».

«يعني هوَّ تاجر مخدرات؟».

«هل هذا في حاجة إلى سؤال؟!».

«لا، في حاجة إلى إجابة».

«قطعًا وطبعًا وبالتأكيد.. تاجر قوي كبير، لكن ملفه كله راح، تبخر، سجله نظيف في كل مكان ما عدا إدارة المخدرات، يعني مؤكد الداخلية سوف توصي الحزب الوطنى بعدم ترشيحه».

«لكن الحزب الوطني لا يسمع كلام الداخلية في كل حال».

«طبعًا ممكن، لا، من ناحية الحزب اطمئن».

«أنا لست مهتمًّا على الإطلاق كي أقلق أو أطمئن».

«نرجع مرجوعنا لإدارة المخدرات، تقريرها فقط سيرفع السعر المطلوب دفعه للحزب، ثم سوف يشوشر في الحملة».

«طيب ما يشتري إدارة المخدرات».

«حصل».

«ياه.. هو كل شيء ممكن شراؤه في البلد؟!».

«لا، ليس كل شيء.. ثم ما كل هذه الوطنية؟ أيعنيك البلد؟».

كانت مصر تصحو ساعتها، وأرى النور يقتحم العمارات العالية، والحقول البعيدة، والمراكب، والأتوبيسات فوق الكباري، والقطار القشَّاش فوق كوبري إمبابة، ومبنى التلفزيون والبرج، ومآذن الجوامع، وإعلانات السينما، وعساكر المرور، والبواخر السياحية وهي تركن على مراسي النيل، والنافورة المعطلة، والنوادي النيلية الصغيرة، والجنود المجندين بملابسهم الداخلية، وهتافات الضباط، وعَلَم مصر.. فالتفتُّ إلى عادل وقلت له: «لا.. لا تهمني مصر».

ضحك وقال: «واحد فقط في طريق زاهر عيد، ما زال مهتمًّا بمصر، لواء سابق في الإدارة ومعه الملف الكامل لزاهر عيد، وشكله هدد الموجودين في الإدارة لو تكاسلوا أو تراخوا في مواجهة دخول زاهر الانتخابات، سوف يتدخل هو ويلجأ إلى الصحافة.. وأنت تعرف معنى ذلك».

«والمطلوب؟».

«قتل هذا اللواء».

في حسم كأنه يتحدث عن جاره أو صديقه أو خال والده

قال محمود:

ـ لن أقتل.

فوجئ عادل لكنه لم يتراجع ولم يشعر بالنهاية.

ـ حتى لو مقابل عشرة آلاف جنيه؟ مجرد رجل كان من الممكن أن يموت في أي لحظة ولأتفه سبب، كان ممكن مثلًا يكون عشيق الست رضا فتقتله بنفسك.. إنه مجرد دم آخر لشخص لا تعرفه يدعي أنه قوي وكبير ومهم، وسيصلح حال البلد ليترك الناس الغلابة تأكل عيشًا من وراء زاهر عيد، الناخبون الطيبون الذين ستنزل عليهم الأموال، وافتتاح المستشفيات والمستوصفات، واللبس، والأمل.. كثيرون جدًّا سوف يفرحون بدخول زاهر الانتخابات، وسوف يدعون له كأنهم يدعون لك.

في تحدٍّ ووضوح قال لعادل وهما يتوجهان ناحية مرسى المراكب على الشاطئ:

ـ وماذا ستستفيد مني يا عادل أكثر من ذلك؟

ـ نحن شريكان من الآن لو أحببت.

ـ وما الثمن؟

ـ آلاف الجنيهات يا محمود.

في شراسة ذئب لا أصل له، بقوة توحُّش فهد، في نذالة مخلوقة خصيصًا لتليق به، حدق إلى عينَي عادل، وثبَّت نظراته على النِّي الأسود في عينيه، كأنه يدس اللحم بين فكَّي أسد:

ـ أريد الثمن، أن تجعلني أنام مع أمك.

كان محمود ينتظر لكمة في فكه، أو نظرة سم في بدنه، أو رقعة على صدره، كان يريد الانتقام من عادل، ازدراءه، احتقاره، ينكأ

جرحه الناشف، يسوي حسابه مع التجارة به واستغفاله، فقالها وانتظر.. لكن عادل خيَّب أمله، سحب المركب إلى المرسى وهبط والمراكبي يستقبله يشد الحبل ويربطه في الخشب. سارا معًا ناحية الفندق وعادل يشعل سيجارة في هدوء، ثم نبس أخيرًا وهما في المصعد وحدهما، قال:

ـ عندما تريد النوم مع الفنانة الكبيرة نادية الزيني.. أمي.. لا تنتظر شيئًا.. قُل لها فقط وستجد نفسك في سريرها.. كُن قاسيًا معها فهذا مزاجها.

انفتح الباب، خرج عادل وهو يتمتم:

ـ صور الرجل وعنوانه والطريقة المقترحة، هذا ما سنراه الآن.

١٥

ـلم يستغرق الأمر كله أكثر من هذا، دقيقة واحدة، كان رجلًا وسيمًا وحليقًا وبدينًا.

هبط من العمارة التي يقطنها.. في هذا الحي الهادئ البعيد، وكنا في يوم إجازة رسمية، فالحياة شبه متوقفة، والدنيا صامتة تمامًا، اتجه اللواء السابق عبد الرحيم سليم إلى سيارته الصغيرة القديمة، من تلك التي كان يركبها عماد حمدي في أفلامه البعيدة، فتح الباب وجلس خلف عجلة القيادة، كان يرتدي قميصًا أبيض وبنطلونًا كحليًّا بحمالات كلاسيكية، أدار السيارة وانتظر متمهلًا كي تسخن.. اقتربتُ فوق الرصيف، مشيت في هدوء حتى وصلت إلى سيارته، باب السيارة المجاور له مفتوح، وكتفه ظاهرة، جزء من ظهره مائل على مقعد القيادة، يلتفت ناحية باب عمارته، أخرجت المسدس من تحت القميص وجريت هذا المتر

الفاصل بيننا، كأنه انتبه، التفتَ خارجًا برأسه، رفع عينيه لي، فكانت فوهة المسدس في أنفه تمامًا، كانت قوتي أمام قوَّته، نظرات عينيه أمام نظرات عينيَّ، كان مذهولًا ومبهوتًا وفيه كل ذعر الفريسة المفاجئ، وكنت ثابتًا وصلبًا وحادًّا بنظراتي، وأشعر أنني أقتطع شيئًا من قوة الآلهة، زهق الروح وقرار الخلاص من البشر.

وهو قلق بدا سرب من الطيور البيضاء يلوح أمام عينيه.. وبدا الهديل والصياح صوتين يتنافسان ويتصايحان في سماء المكان.

بحشرجة صوت يكاد لا يخرج، وحروف تكاد لا تنطق، سمعته محشورًا بين الدنيا والآخرة يقول: «مَن أرسلك؟».

قلت له في حدة واثقة: «ربنا، ارتحت؟».

ثم أطلقت الرصاصة الأولى التي جعلت رأسه يطير مترنحًا أمامي مفتتًا متدفقًا بالدم، والثانية سريعًا في صدره، بينما أعود بالمسدس إلى جنبي وأرحل. انطلقت صفارة نفير السيارة زاعقة، ثم أطلت من باب العمارة زوجته وابنه، في السادسة عشرة من عمره تقريبًا، لمحا ما جرى في ثانية، ابنه أُصيب بالجنون، يعدو ناحية السيارة ويقترب مني، وكنت مثبَّتًا في مكاني، وهو قادم كالمجنون الملتاع، وأمه تصرخ عليه كأن جبريل أنطقها: «حاسب يا محمد.. دا القاتل». لم يسمعها، كان روعه وألمه وضياع والده كارثة على

رأسه، فجرى نحوي، فأخرجت المسدس وأطلقت ثلاث رصاصات أصابت أماكن في صدره وكتفه وبطنه، مضرجًا في دمه سقط مترنحًا على سيارة أخرى، التفتُّ حولي، الهدوء بدأ ينكسر، وأمه أراها الآن في لحظة لقائها بالشلل. نعم أشعر مرض الشلل وهو يخترقها الآن ويدمر جسدها من هول ما رأت، جريت أنا نحوها في سرعة أُطلق من كل ذرة في جسدي عرقًا.. توترًا ولهفة. صارت أمامي وصرت قبالتها تمامًا، حفظت ملامحها وحفظتني كي تشهد عليَّ يوم القيامة وكي أوافقها أمام ربنا على أنني قاتلها، نظرت في عينيها المنهارتين ورفعت المسدس إلى رأسها، في جبهتها تمامًا، همستُ: «سأقتلكِ لترتاحي».
كان إحساس هائل بالسلام ينتابها، وملامحها تنفرج وتستسلم وتنبسط، وأنا كلي أيضًا راحة وهدوء. كنت أجاملها بقتلها، تهوي على ركبتيها، تنظر إليَّ بعينيها إلى أعلى. وضعت إصبعي على الزناد والمسدس في رأسها تمامًا.. وضغطت.

كانت محمومة، حرارتها بلغت ٤٠ درجة، حاولت أن تقنع نفسها بأن ما سمعته، ما عرفته، ما قاله محمود حلمي لها، هو سر هذه الحمى، تكسير العظام، شرخ الزور، رشح الأنف، همود الجسد، الصداع اللابد في رأسها، لم تكن الأنفلونزا الآسيوية كما قالت لها طبيبتها جارتها، ولم تكن هذه الوحدة القارسة والوحشة القاسية التي تعانيها في مرضها مفردة ومنفردة، لا أحد سواها، أشفقَت على نفسها تمامًا، حضرت الشغالة، أدت مهمتها على خير وجه ووضعت في حنان مفتقَد بينهما كمادات اللظى والماء على جبينها وسألتها:

ـ محتاجة حاجة يا مدام؟

ومصت.

حسن السيسي سافر إلى لندن وسيعود الجمعة القادمة، اتصل بها أكثر من مرة، عرف أنها مريضة، قال إنه سيعود قبل يوم

الجمعة وحجز لها في مستشفى المعادي، لكنها رفضت الانتقال من البيت، أبت أن تتصل بحسين كي يزورها في وحدتها، هي تخشى براءته، فلا يصدق صندوق القمامة الذي تملكه الآن عن المجتمع، سوف يجرحها، يتهمها دومًا، يطعن فيها بكل ما يملك من حب لها، لديها اعتقاد مؤكد أنه يراها غير شريفة، مشكلات الريفي الذي يحب بنت ليل، هذه هي أحاسيسه، وبينما تحبه وتوده وتحترم هذا الحجم الهائل من موهبته، فهي تكره نفسها عندما تحادثه، تحاوره، لا يرى إلا مناطق النقص فيها، فتشعر بالذنب وكراهية الذات من تحت رأسه، اهتياج أصابها في المرض فاحتاجت إلى عطف، يا لهذه الكارثة التي اسمها «الوحدة»! وحيدًا قد تستطيع استقبال يوم الحساب، لكن لا تستطيع استقبال الأنفلونزا وأنت وحيد ووحدك في الشقة.

اتصلتُ بخالد، إنه الوحيد الذي تثق في حضوره فور تلقيه نداءها، وهو يفهمها رغم أنها لم تعد تفهم ما يفعل. في توقيت ما قد تنقلب دنيا إنسان فتتشابك الأسلاك وتتلخبط الترموستات فلا يفهم أحد كيف أصبحت دورة عمله، وكيف تعمل دائرته الكهربية.. هكذا كان خالد، جاء وجلس على حافة السرير.. وضع كمادات الثلج، ومسح عرق الكتفين، ثم أحضر فوطة مبللة بماء مثلج، ورفع قميص نومها يحميها برقة، يمسح قدميها ثم يمرر فوطة الماء على ساقها، ثم دخل إلى مفرق فخذيها فجفف الفوطة وجفف الفخذين، ذهب إلى الحمَّام وعاد بمنشفة أكبر

وأكثر جفافًا، خلع ذراعَي قميص النوم فبان صدرها عاريًا، وثدياها حاضرين بقوة الحمرة وبريق العرق المضيء، جففهما، ثم وضع رطبًا من الماء المثلج مسح صدرها به، ثم عاد وجففه تحت إبطيها، كانت تسأل نفسها وهي مفكوكة القوى، محلولة البدن، مسترخية على رضا وتهيج وتهيؤ يسمحان له بأن يضاجعها ثلاثًا لو أرادِ، سألت نفسها وانقباضات الاشتهاء تعمل ما بين فخذيها: هل أثاره جسدي؟ هل تحرَّك خالد بالشهوة؟ ظلت ترقب انتفاخ آلته الجنسية، فرأته مُنتصبًا، لكن وجهه متماسك وصلب ويحترم قرارًا اتخذه أو اتخذته هي برحيلها.

تمالكت وتماسكت وسألته:

ـ هل الرعب الذي يحكيه لي محمود حلمي حقيقي؟ هل أصدقه؟

جلس خالد وهو يقلب بملعقة كوب الشاي بالليمون ويقدِّمه لها:

ـ ألم يعترف بذلك من قبل أمام النيابة؟

ـ نعم، لم يعترف.

عاد برأسه إلى الوراء، ومسح كفيه بمنديل ورقي وابتسم:

ـ هل أنتِ متأكدة؟

في حسم واهن:

ـ طبعًا.

مدَّ قدميه إلى حافة السرير، فرد ساقيه وقال:

ـ على العموم أنا أسمع حكاية الشيخ الدكتور سميح هذه من فترة، من أكثر من شخص التقيته في القضايا الأخيرة. أنَّبَته أو استعذبت تعذيبه، قالت:

ـ الدعارة؟

لم يُعِرها اهتمامًا وأكمل:

ـ لمَّحوا بحكاية شذوذ الدكتور سميح، وكل واحد يحكي حكاية، لكن لم أثق كثيرًا برواياتهم... سألتُ مرة، يمكن من أسبوع فقط، محاميًا زميلًا، معروفًا في كل الوسط بأنه شاذ وأشهر محامٍ للشواذ: هل الدكتور سميح شاذ؟ ضحك في ابتسامة صفراء أو حمراء أو خضراء أو سوداء وقال لي: «لَا تَسْأَلُوا عَنْ أَشْيَاءَ إِنْ تُبْدَ لَكُمْ تَسُؤْكُمْ»، واعتبرت هذا ردًّا كافيًا. لكن مَن قال له إنني سأشعر بأي سوء لو كانت النتيجة أن سميح شاذ حقًّا؟!

امتعضتْ وسألته:

ـ ولماذا لا تشعر؟ إنه رجل دين وفقه، ويخوت دماغنا ليل نهار بالدين وبالتعصب وبالتشدد وفي الآخر يطلع شاذ! يعني حكمه شرعًا الحرق بالنار.

استمهل نفسه قليلًا ثم تحدث في هدوء:

ـ أظن أنها حريته الشخصية، وأنه ما دام لا يخلع ملابسه في التلفزيون، أو يدعو الناس إلى الشذوذ، أو يختلق أحكامًا قرآنية أو دينية لجعل الشذوذ حلالًا، فيظل أمرًا شخصيًّا

لا دخل لنا به، ثم لا تنسي أن معظم تاريخنا الإسلامي مليء برموز وشخصيات كان لها غرام بالغلمان وإتيانهم، ولم يكن أمرًا ينتقص من قدر صاحبه، بل كان يفعله العالِم والفاجر دون أن يتهم أحدهما الآخر بنقيصة اللواط.

تعصبَت وتذمرت وتنهدت وصرخت فيه:

ـ خالد، إنك تدافع عن مومس تدفع للشباب كي يأتوها!

ـ ما الذي يغضبكِ من أنه لوطي، أو أنه يدفع أجرًا مقابل لقاء جنسي؟

مال نحوها مبتسمًا، حمل الغطاء وفرَشه حتى صدرها:

ـ ياه، قلبك مضطرب قوي، لم تعد لكِ قدرة على النقاش، أنسيتِ مناقشتنا بالليالي في موضوع أتفه من ذلك دون أن نرتاح لحظة؟

في هدوء مريض قالت:

ـ خالد، ماذا حصل لك؟!

انفعل لأول مرة ونطق بصوت عالٍ وحدَّة واضحة:

ـ لماذا تجعلينني لغزًا؟

سرعان ما عاد إلى هدوئه:

ـ المهم، هل تعتزمين العودة له واستكمال الكتاب؟

ـ ما رأيك أنت؟

ـ ما دمتِ سألتِني رأيي فأنت تريدين استكمال الكتاب، على العموم ما حكيتِه أمور غاية في الخطورة أخشى أساسًا عدم

القدرة على نشرها، خصوصًا أن كل ما ذكرتِه لي وقائع حقيقية كانت تبحث عن الجاني والمدبِّر، فجئتِ لتقولي لنا إنه هذا السفَّاح محمود حلمي!

ـ هل تذكر حادثة اللواء عبد الرحيم سليم؟

ـ قطعًا.

أغمضَت عينيها وهي تستقبل رعشة حمى عاتية في بدنها، أخذت تسعل وتمسح مخاطها، وهي تمسك بقوة بكف خالد كأنها تستنجد به من هذه الحمى، هدأت فقالت:

ـ كان شخصًا بشعًا، لم يقتل الرجل فقط، بل قتل زوجته وابنه في منتهى البساطة والبشاعة، المهم أن ملامحه لا تشي بذلك أبدًا، إن الدم يُغرق كفيه وقبضته التي تتحرك أمامي، كأنها تتأهب لقتلي وتتهيب عدم استكمال القصة.

عاد لجلسته على حافة السرير، واقترب من أنفاسها مغرمًا ولا شك بها:

ـ المشكلة أنكِ لم تدينيه قَطُّ.. لم تواجهيه بقرفك ورفضك لتصرفاته.

ـ هذا لن يودي ولن يجيب، دعه يَحكِ حتى أصل إلى حكم نهائي، ثم إن من مصلحتي أن أتركه يشعر بعظمته وقوَّته حتى يأتي على كل الألغاز والتفاصيل المغرقة في الغموض، الكل يسأل: «هل الإرهابيون هم الذين قتلوا اللواء عبد الرحيم سليم؟ ولكنه لم يكن يومًا قد خدم في مباحث أمن الدولة

كي ينتقموا منه بعد إحالته إلى التقاعد، أم أنها حادثة ثأر، أم تصفية حسابات قديمة، أم أنه قاتل مهووس...؟». لم يكن أحد يعرف أنه محمود حلمي لحساب زاهر عيد!

خبط خالد على فخذيه وهمَّ بالقيام فأمسكت به فجأة:

ـ إلى أين؟

ـ سأعود إلى البيت.

أطبقتْ أصابعها على كفه:

ـ أرجوك نَمْ معي الليلة يا خالد.. الوحدة ستقتلني!

ضحك وقال:

ـ طيب، لو جاء حسن السيسي صباحًا ووجدني هنا، ماذا سيقول؟

قالتها بسرعة وبلا تردُّد:

ـ يتحرق!

هز رأسه وهو يقترب ليجلس بجانب رأسها على وسادتها:

ـ ماذا تريدين منا يا ملكة النحل؟

كان مسترخيًا على مقعد وثير يمد ساقيه على حافة السرير والنوم يداعب جفنيه وهو يرى مي تنعس ثم تستيقظ بعد دقائق ثم تعود لتنعس، أفاقت فنظرت إليه وابتسمت، حاول أن يفيق فقفز من المقعد واقفًا على قدمين وهو يفرك وجهه:

ـ هل تعرفين أن زاهر عيد مات في ظروف غامضة أيضًا؟!

كان لطلعته هذه المرة شموخ المغترِّين والمعتزِّين، عاد مبتسمًا حاضرًا ببشاشة، نضارة دم تجري تحت وجنتيه، نظر إليها وترك نظرته مستندة إلى أنفها، جرَّت إحساسًا بالأمان من أبعد حجرة في قلبها، تصدُّ به عينيه، تحملان هوسًا أملس ينمو على جذع جلستهما.

سألها في رِقَّة:

ـ شكلك متغير، أكنتِ مريضة؟

بوهن وبحذر مَن يرفع قدمه وسط حقل ألغام:

ـ شوية برد.. وراحوا.

نفض محمود حلمي سؤاله من أي احتمال آخر سوى القلق عليها والتقرب منها:

ـ لكن عينيكِ محمرتان، وأنفك كذلك؟!

مدَّت يدها إلى الحقيبة، نزعت من علبة السجائر سيجارة

دستها بين شفتيها، فانتفضت روعًا عندما وجدت شعلة ولاعته تشعل السيجارة وتترك حرارتها الخفيضة تحت ذقنها مستقرة للحظة. أعادت رأسها خشية التحرق من نار ولاعته.. ونظراته. تيقظ على ردَّتها برأسها فأطفأ الولاعة.. سلَّم يديه لتستقرا على صدره مبتسمًا، ثم مقتحمًا بكلمات متدفقة تدفُّق نزف دم ذبيحة:

ـ تعرفين أنني لم أنَم منذ جئت إلى هنا؟

باستخفاف تكلَّمت ترنو عيناها إلى الصول الجالس كأنه لم يقُم:

ـ قلق أم أرق أم ندم أم عدم...؟

اخشوشنت كلماته وهو يقول:

ـ لا أجد تفسيرًا، قلت أسألكِ اليوم.

قالت:

ـ أنا أيضًا لا أجد تفسيرًا لما حكيته ناقصًا المرة الماضية.. لقد مات زاهر عيد أيضًا!

قهقه ضاحكًا على حين غرة من دهرها الذي بدا ثقيلًا وكابيًا وكئيبًا، أُخِذت حتى خجلت من كونها هنا. راعها أن يستمر ضاحكًا وهو يتكلم مفتتًا حروفه تحت صفين من ضروس تطحن أيامها:

ـ بدأتِ تسألين وتهتمين وتراجعين ما أقول، أليس هذا مبكرًا قليلًا؟

نزع سريعًا من تحت قميصه ظرفًا أصفر، شعرت بالمفاجأة والقلق يتسلقان روحها، استولى عليها تمامًا عندما فتح الظرف الأصفر فإذا بقصاصات مجلات ورق مطوي، وصفحات مقصوصة و... هي!

هي، مقالاتها، ثم مقالة وأخرى نشرتهما في مجلة عربية نسائية ملونة وصورتها فوق المقالتين، ثم مقالات وحوارات منشورة في مجلتها المصرية، ثم صورة لندوة عقدتها المجلة وهي تجلس على المنضدة ضمن جمع من المحررين يحاور وزيرًا كان ضيف الندوة.. ما هذا؟!

ثم فرد بحركة سريعة يقظة ومحترفة ورقة مقوَّاة مطوية فإذا بها هي، مي الجبالي، صورتها وقد رُسمت بقلم رصاص، رسمًا فطريًا شديد البدائية بالكاد تمكن من نيل ملامحها.

ابتسم محمود حلمي وقال كمن يدلي بتصريح من فوق منصة:

ـ جمعتُ هذه المقالات من مجلات قديمة طلبتها من أحد الحراس، وهذه (رفع اللوحة المرسومة) طلبتها من سجين يعرف الرسم، هذه هدية لكِ، هل تعرفين أنه سجين لا يجيد القراءة ولا الكتابة؟ أمي يعني.. ومع ذلك يرسم، وقد وعدته إذا أعجبتكِ الصورة بأن أشتري له علب ألوان كي... (ثم بتردد) كي يرسمكِ بالألوان.

نطقت كلمة واحدة محددة وواضحة:

ـ محمود.. مالك؟

عاد في ثانية واحدة إلى ما كان عليه في اللحظة الأولى بينهما، جادًّا وحادًّا ومستخفًّا وعدميًّا حتى النهاية، هكذا أحس فانقبض فسكت، ثم استعاد فتوته بتوتر واستكمل:

ـ سألتيني عن زاهر عيد.. مات صحيح يمكن بعد شهرين تلاتة من موت الضابط.

تريد أن تقول له «أنت قاتل»، فقالت:

ـ تقصد بعد قتل الضابط؟

وهو قَبِل التحدي فصحح وصاح:

ـ قتلته فعلًا كما قتلت زاهر عيد.

تنهدت راحة لأنه يبعد عنها ويحكي، لأنه سيغطس في الدم مرة أخرى ويروي. تذكرت حسين الذي نهرها منبهًا أنها تداعب التمساح، شعرت يدها مسلوبة مأخوذة تركن بين فكي التمساح الذي لامسها كمن يعض دعابة ويحذر جدًّا وجادًّا، وجدت محمود حلمي يفرد سجاد حكاياته فمشت معه فوقه:

ـ بعد أسبوعين من حادثة الضابط كانت الدنيا مقلوبة، كانت الدنيا لا تزال مقلوبة، مصر كلها اهتزت بقتل أسرة الضابط معه، واحتاروا كثيرًا مَن وراءها؟

لم أكن على أي قدر من الشك في أن أحدًا سيعرفني، الحادثة كانت في مكان هادئ جدًّا، لم يرَني أحد، هربت في الوقت المناسب، لا علاقة لي على الإطلاق بالقتيل أو أسرته، الشيء الوحيد الممكن هو أن يبلِّغ عني زاهر عيد

أو عادل؛ صاحباي، حتى لو أبلغا، لم يرني أحدهما، ثم أين السلاح؟ وأين الشهود؟ وبفرض أنني اتفقت.. فهل معنى ذلك أنني نفَّذت؟ ثم هما أنفسهما سيذهبان في داهية معي لو ذهبت. في هذه الأيام كنت وحيدًا كالعادة، وماشيًا في حالي في شوارع مصر الجديدة متجاهلًا الاتصال بعادل أو بزاهر مباشرة، أي واحد يراني لا يشك لحظة أنني عيل ابن امبارح بيدوَّر على بنت يعاكسها، المفاجأة أن بنتًا هي التي عاكستني.. كانت تجلس على دكة محطة المترو، شاهدتني أعبر شريط المترو فقامت، مشيتُ فمشَت خلفي، وقفتُ فوقفَت، عدت إليها سريعًا بظهري لم تتحرك، وأنا ألتفت كالفهد أقبض على كتفها وذراعها بقبضتي.

«فيه إيه يا بت؟».

«بت لما تبتَّك؟».

«نعم يا روح أمك؟ فاكراني خوَل من بتوع مصر الجديدة؟».

«لأ، راجل».

في عنف دفعتها فسقطت على ظهرها، لم أتحرك ولم تئن هي، انكشفت ساقاها عاريتين كبرق في الليل، فاندفعت عيناي إلى ليونة فخذيها وبريقهما الأبيض اللامع، فإذا بها تعري ما تستر وهي تُخرج لسانها بلعابها: «تيجي...؟». قالتها همسًا فيه غنج كل نسوان الأرض، ثم أضافت: «بمحبة مش بفلوس».

عاجلتها بكلمات كاللكمات: «هو رمي جِتَت؟».

قامت، إنها لا تشبه بنات الليل ولا نسوة الطرق، إن فيها شيئًا غامضًا غير مباح.

مستخِفَّة قالت: «إنت حر، نَمْ لوحدك في فرشتك الليلة».

فقعت دملًا في قلبي بكلمة «لوحدك»، ثم إنني من يوم ما رضا راحت لم أتذوق النساء، كنت عَزوفًا عنهن، لكن أهي واحدة رمت نفسها على فخذك، تقول لأ؟ إلا لو كنت خلاص لم يعد لك في الحريم.

أمسكتها من ذراعها، وهَوَا سِرْنا معًا إلى البيت، من أول ما دخلت وهي عادية خالص لم توح جرأتها وفُجرها في الشارع بأنها ستدخل لا تخلع ولاَ تلهث ولا تتدلل، لا لم تفعل شيئًا من هذا.. كنت أنا المهتاج الملهوف، تملصَت واتقمصت، وتقمصت دور الغضبانة، ثم التصقتُ بظهرها فالتفتت تشعر بزهو أو بزهق وأمسكت عضوي، فضت شهوته بسرعة مدهشة داخل بنطلوني، ثم تمشت في الشقة وجلست مرتاحة على أريكة كأن الموضوع كله لا يهمها، داريت بللي ودخلت الحمَّام.. خرجت فلم أجدها.. وجدت ثمانية رجال في الشقة.

ارتعشت عيناي، وكست رؤيتي ضباباتٌ غائمة كثيرة، واصفر وجهي، وتجمدَت عروقي، وتصلبَت قدماي، كنت أود أن أجري أدفع أحدهم وأخرج فارًّا من الباب،

وكنت أريد أن أرفع سكينًا لأمزق وجه أحدهم به ثم أقذفه من الشرفة، وكنت أود ألَّا يكون ما كان قد كان فعلًا، لكنني لم أفعل شيئًا مما أردت أو وددت.

وجوههم ليست وجوه لصوص أو قوَّادين، بل كانت وجوهًا تبدو عليها معالم أهمية واغترار بالنفس، وقوة، من أين استمَدُّوها سوى من هذا الفخار الطبيعي لكونك من رجال الأمن؟

نعم، وجوههم تشبه وجوه رجال الأمن الضباط.. الضباط الذين يحبون كونهم ضباطًا.. نعم.. هم كانوا يقلبون في محتويات المكان برقة ويعيدون كل شيء إلى محله.

فوجئت بأحدهم وهو يخرج من المطبخ يحمل صينية شاي عليها أكواب تكفي الجميع، بدأوا يتناولون الشاي على راحتهم، كأن البيت بيتهم.. الغريب أن الرجل تقدم بالصينية مني وقدمها لي، فأخذت كوبًا وجلست على طرف الأريكة أرشف وأجف عرقًا.

بدا أنه كبيرهم، إذ تقدم نحوي وجلس قبالتي على مقعد وضعه معكوسًا؛ ظهره للأمام، واستند عليه بذراعيه وحدق إلى وجهي، لعله استصغرني فقال: «إنت سنَّك كام سنة؟».

استنفرت غضبي في بيتي وإحساسي بأمان موقفي: «إنتم مين؟».

«يهمَّك تعرف؟».

في استخفاف وتعالٍ قلت: «لا.. لا يهمني.. لكن يا ريت تمشوا من هنا.. لا أريدكم في بيتي».

تبادلوا نظرات إلى كبيرهم ينتظرون أمرًا فأمرهم بعينيه فاقتربوا مني، ركلوا بطني، وضربوا صدري، ولووا عنقي، وغرسوا أصابعهم في فخذيَّ، وكادوا يحطمون ذراعي! كنت مذهولًا من الألم مفارقًا الوعي للحظات.. يتعمدون إيصالي إلى قمة الألم ثم الهبوط بي بسرعة وفجأة إلى راحة مخطوفة، ثم يعاودون الأمر حتى لا تتمزق نياط قلبي رعبًا.

إنهم مدرَّبون يعرفون ماذا يفعلون، يضربون فيما يوجع ولا يترك أثرًا! في أماكن ليست ظاهرة لكن قاتلة، ثم إنهم خبراء في التعذيب البطيء واليومي والبسيط حتى لا تكاد تستطيع أن تقول إنك تعذبت.

فقدتُ الوعي، ثم أفقت بعدها ربما بساعة أو بساعة أخرى، العتمة تفرش المكان، أحس أنفاسهم، لكن أجسادهم غير موجودة، وجودهم مؤكد لكن غير ملموس. أحاول النهوض مدغدَغًا، فإذا بيد تساعدني، الرعب مرة أخرى والفزع والجنون المحدق والمحيط! كانت أضواء خفيفة قادمَة من الشارع، لم أعد أدرك ما تلك اليد التي أحكمت أصابعها القوية المدربة على كتفي، أضيء النور من حيث

لا أدري، فظهر كبيرهم نفسه في نفس جلسته ثم عن يميني ويساري رجلان منهم، فتوة ورجولة وقوة عضلات وإحساس عميق بكونهما قادرَيْن على أي شيء، وددت لو وقعا في يدي يومًا، ستكون المرة الأولى التي أُرحم فيها بقتلي من عذابي، الاستسلام الذي كان داخلي طغت عليه كراهية مدوية وحمم بركان من الحقد في صدري يكاد يطفر عاجلًا.. في ثقة وبساطة قال كبيرهم: «إنت قتلت اللواء سليم؟».

آه.. هي الوشاية قد جاءت فعلًا، من أين لدغته العقرب؟ أجاءت من زاهر أم من عادل أم من كليهما للخلاص مني؟ إذن سأعترف كاملًا عليهما. تماسكت، ربما الأمر مصيدة ومكيدة.

قام من مقعده واقترب حتى بدت آثار الهمس على وجهي. «نعرف أنه لا دليل عليك سوى اعترافك، ونحن لا نريد أن تعترف».

أطلت نظرتي إليه حتى أطل الشك.

«أنت القاتل يا محمود يا حلمي.. ليس فيها فصال، ولو تركت نفسي لمشاعري أنا والرجال الآن لقطعت لحمك قطعة قطعة ورميتها للكلاب، وربما أعدك بمصير كهذا في الأيام القادمة لو رفضت».

رنت الكلمة في أذني فاندفعَت كل الأفكار تصطدم أو

تتصادم في رأسي الذي كاد ينفجر من عسر الفهم، حتى صرت أرى أمامي مربعًا أبيض من الدخان فارغًا يحتل رأسي فهدأت قليلًا، تسلى الدخان بأفكاري وتسرَّى بها.

اقتحمني الرجل وهو يرفع كفَّه منفعلًا لأول مرة يريد أن يصفعني لكنه تراجع.

«كما قتلت سليم اقتل زاهر عيد.. ونصبح خالصين».

نظرت إليهم متفحصًا أي صفقة جديدة.. سألتهم: «من أنتم؟».

«هل سترتاح لو عرفت؟».

«آه.. طبعًا».

في جسارة وإن بدت إرهابًا قامعًا لي قال الرجل: «نحن شرطة، لن أعطيك تفاصيل أكثر من ذلك».

شعرت الآن بقوة داخلي، الشرطة تفاوضني، بل وتطلب مني أمرًا.

«وأنا أريد تفاصيل أخرى كي أسمع وأنفذ».

انتفض.

«ستسمع وتنفذ غصبًا عنك!».

«هذا الكلام غير قانوني، وأنت تعرف ذلك، وإذا ذهبتُ به إلى أي شخص فسوف تروحون فيها».

صفعني هو وآخر وثالث حتى دَميَ خدي، ومن آخر حبل صوتي في حنجرتي قلت: «خذوني إلى مديرية الأمن..

لن أنطق ولن تحصلوا على شيء.. معكم المسدس الذي نفَّذت به الجريمة؟ معكم شاهد واحد رآني؟ هل اعترفت لكم؟ هل بيني وبين الضابط سليم أي معرفة من أي نوع؟ أي خصومة؟ هل أنا راشد عاقل واعٍ أم مختل مجنون؟ أين الطبيب؟! أرجوكم! إما أن تذهبوا بي إلى المديرية وإما أن ترحلوا فورًا».

أحكم كبيرهم قبضته على عنقي، كان قاتلًا بالضرورة، فقد لمحت هذا اللمح الخفي الطائر في عينيه، تبادلنا عمق النظرات الشرسة، وأعطى تحديه لي حلاوة أخرى في الموضوع، ممعنًا في ملامحه، متفرسًا في وجهه، يبدو وجهه منحوتًا بأنفه الكبير وشفتيه الغليظتين وعينيه الواسعتين العميقتين وحاجبه البُني الخفيف، وذلك الأثر الواضح لندبة فوق الحاجب، وأسنان قوية لم ترَ قطُّ طبيب أسنان، فجيحه له رائحة الحقيقة، نهرني قائلًا: «ستنفذ ما نتفق عليه، لأنك تريد ذلك، شكلك أعرفه، أنت قتَّال قُتَلَة.. وأنا لا أطلب معرفة من أي نوع، أي خصومة، هل أنا راشد... سأرحمك وأتركك دون أن أقتص منك لدم سليم، سأعتبرك سويت الأمر معنا. لا تتخيل أن من الصعب انتزاع اعتراف منك.. يا أخي روح! وخلق شهود ضدك، كتير جدًّا، بل نحن من الممكن جدًّا أن نقتلك هنا وفي بيتك، معنا أمر مثلًا بالقبض عليك، وندخل نقتلك ونقول قاوم، وسنخرج ونخبر الجميع

بأنك بريء وليس عليك أدلة، أليست هذه البراءة ما تريد؟ خذها يا روح أمك في الآخرة!».

كان منطقه قويًّا، وكان فضلًا عن ذلك لديه القوة كي يفعل ما يمنطقه.. أضاف: «نحن رصدنا كل تحركات وعلاقات زاهر ليبيريا.. الأُجراء عنده كثيرون، لكنه كان يحتاج إلى وجه جديد، والوجوه التي قابلها أنت وعادل صاحبك.. نحن نعرف عادل.. خرع وجبان.. راقبناك.. لا يوجد أي دليل على أنك قاتل، إلا هنا».

أشار بإصبعه إلى قلبه، ثم أضاف: «أنت قاتل سليم، ومن ثَمَّ أريدك أن تقتل زاهر عيد. باقٍ على الترشح في الانتخابات شهران، وزاهر سوف يدخل، وسوف ينجح لو دخل، وثمن ذلك أنه سوف يصبح صاحب نفوذ وحصانة وعلاقات بالدولة وبالحزب، ساعتها يمكن أن يتخلص منا جميعًا، الرجال الذين يعرفهم والذين يعرفونه، عدد منا سوف يطيح به عن طريق الإحالة إلى التقاعد، وآخرون عن طريق النقل للصعيد، وليس بعيدًا الرفت والمحاكمات التأديبية، ثم خد عندك، زاهر عيد الكلب سيكون نجم مجتمع ونائب برلمان، أدفع عمري ولا أراه في رسالة مجلس الشعب في التلفزيون بعد نشرة ستة بيخطب مدافعًا عن الديمقراطية والحقيقة والناس الغلابة، هذا الرجل الذي ضربته على قفاه عندما ضبطته في سيناء مع بدو المخدرات، «التاجر العبيط» كما

كنا نسميه.. «زاهر أبو ريالة».. ثم يفتري هذا الفسل إلى الحد الذي يقتل معه أعظم رجل عرفته مصر شرفًا ونزاهة ونبلًا فيكِ يا داخلية.. وتأتي أنت لتقول لي لا؟ قم يا ولد.. لأشرح لك ماذا ستفعل».

١٨

الإسكندرية بسحرها وزهوها ورطوبة الأجواء فيها، لم أشعر في حياتي مُطلقًا بالوحدة في الإسكندرية، المشي في محطة الرمل يختلف تمامًا عن المشي في ميدان التحرير أو وسط البلد في القاهرة.. هناك دفء من نوع فريد يحتويك ويطويك ويفردك ويثنيك، يفعل فيك ما يريد مثل حنان كف أُم تُقلِّب جسد رضيعها، أو تدلك طفلها بصفعات خفيفة على الخدين وهي تبتسم، تلك الصفعات التي تنتهي بأن تحتضنه وتطبِق على ظهره بقوة يئن منها الطفل! بمجرد ما قال الإسكندرية محمود حلمي انهمرت الدموع وصور الإسكندرية في ذهن مي دفيئة وحنونًا، وتسارعت الصور تترى في ذيول الصور، وهكذا حَكَت لنفسها أسطورة محطة الرمل في وجدانها عندما عاجلها محمود حلمي باستكمال رحلته، حيث زاهر عيد، قال:

ـ ذهبت إلى الإسكندرية.. وأجَّرت غرفة مفروشة في شقة

١٢٣

بشارع «النبي دانيال»، وضعت فيها هدومي وأشيائي، ونزلت بلا أي سلاح في يدي، حتى بلا مطواة، سِرت في شوارع الإسكندرية مطبقًا الطقوس التقليدية، أكلت فولًا وطعمية في محلها الشهير، وشربت عصائر في محطة الرمل، ثم ملت إلى محلات الآيس كريم في قلب محطة المترو، ثم اشتريت الصحف المسائية من باعة الجرائد بجوار السنترال، وفي النهاية جلست في الجنينة تحت تمثال سعد زغلول متأملًا البحر في جهامة مظلمة، وأتابع بعينيَّ الناس الجالسين في الجنينة، مشاجرات صغيرة وتطاحنات بين زوجات وأزواج، وجريًا وراء أطفال وصراخ صِبْية، وإلحاح طفل طلبًا لحلوى غالية، وعجائز ينتظرون مرور الوقت، ويونانيين من أقدم عصور الزمن القديم، وبنات محجبات صغيرات يتدافعن، يركبن سيارات المشروع، وأتوبيسًا يتوقف، وفتاة تصعد مُمسِكة بيد خطيبها يسندها، وصوت ترام الرمل يئز ويمر، وهناك فندق «سيسل» كأن الإسكندرية بُنيت حوله، بعده.

كنت أنتظر قدوم منتصف الليل تحديدًا، إذ ستأتيني سيارة تاكسي تتوقف هنا بالضبط، وينط سائقها ليفتح مقدمة السيارة كأنه يصلح عطلًا، ثم يغلقها ويعود إلى حقيبة السيارة فيفتحها، هنا أتوجه أنا وأجلس في المقعد الخلفي في منتصف الكنبة، فيغلق هو حقيبة السيارة، ويعود إلى

مقعد القيادة ويقود دون أن ينطق بكلمة واحدة.. وهذا ما كان.

لكنني نطقت وقلت: «ممكن تشغل لنا أغنية لعمرو دياب؟».

وصلنا إلى شاليه زاهر عيد هنا في «مارينا»، بعد كل هذه الكيلومترات كنت قد غفوت.. فعلًا تسرقني الراحة أحيانًا والشعور الكامن الذي ينطلق من مكمنه في كل محطة، هذا الشعور بأنه لا شيء مهم، ثم إنه لا شيء خطر، يدفعني إلى النوم تقريبًا، هذا النوم الذي لم يعد يأتيني وأسأل دائمًا ماذا تغيَّر وكيف تغيرت وما الذي جرى، فسرى في جسدي أرق أَلِق إلى هذا الحد. صحوت من غفوتي، كانت قرية كبيرة ومضيئة، وفيها ضجيج صيفي آسر، عند فيلَّا مطلة مباشرة على البحر.

وقف السائق.. ثم أشار بيده إلى موضع الفيلَّا، وانتظر برهة حتى استفقت وفتحت الباب وهبطت. ألقى إليَّ بحقيبة صغيرة تشبه الحقائب التي يمسكها العائدون من دول النفط في أيديهم، وانطلق هو بالسيارة مسرعًا.. كانت الفيلَّا قريبة ومنيرة، لكنها بلا ضجة أو صخب، لها ثلاثة أبواب وسلم للسطح. كان الاتفاق أن أكون حذرًا حتى أقتله ثم يُنقذوا هم الموقف إذا حدث شيء آخر.. فقط أن أصل إليه وأقتله وهو في الفيلَّا بمفرده، فهي المكان الذي يعقد فيه اتفاقات

ومؤامرات ويستقبل فيه نساءه. هناك ثلاثة حراس فقط، أحدهم معه، والآخران عند البابين الأمامي والخلفي للفيلَّا، سلم السطح بلا حارس، ربما لأنهم يغلقون الباب المؤدي إلى السطح من داخل الفيلَّا فلا خوف من ترك السطح خاليًا. صعدت إلى السطح، من هنا مشهد البحر في عتمته وظلمته كامل ومتسع، والناس على «البلاج» يتكاثرون رجالًا ونساء وصبية في هدأة الليل، وأصوات غناء قادمة من داخل القرية، وأصوات ضاحكة، وتهتُّك قوي يعلن في غنج عن ضحكات نسائية، ونسائم بحر في صيف حار. جلستُ ناظرًا من خلف السور فإذا بالحراس الثلاثة يظهرون معًا في الجنينة لتناول العشاء بينما كان زاهر عيد قد ذهب لنومه. بعد لحظة جاء أحد الحراس بشيشة بالكهرباء دس فيها الحجر وأخذ ثلاثتهم يتبادلون الشيشة، على أطراف قدميَّ وصلت إلى باب السطح، أخرجت آلة صغيرة ودقيقة تشبه المفك، أخرجتها من الحقيبة التي أعطاني السائق إياها، أدرت هذه الآلة في القفل فدار قرص القفل ثم انفتح، دفعت الباب بكتفي فانفتح، هبطتُ السلالم مسرعًا على حوافر فرس، وجدت نفسي في الطابق الثاني للفيلَّا، تحديدًا في منوَر صغير وراء المطبخ، دلفت إلى المطبخ بخفة، وعنده وقفت، المفروض الآن أن أمام المطبخ ممرًّا يقود إلى حمَّام، وإلى اليسار بابًا بلا خشب يؤدي إلى صالة واسعة تنتهي

بشُرفة زجاجية مغلقة، فيها جلسة عربية مطلة على البحر، وفي الصالة كنبًا وسفرة والتلفزيون وفيديو وسجاجيد على الحائط وعلى الأرض، ثم بابًا صغيرًا يؤدي إلى ردهة مفتوحة على ثلاث غرف نوم متجاورة، الغرفة إلى اليمين هي التي ينام فيها زاهر عيد، الذي فوجئ بي على سريره، راكبًا فوق صدره بركبتَيَّ، واضعًا لاصقًا على فمه الغليظ، وإصبعاي بعنف حاقد تلامسان بقوة الجفنين السفليَّين لعينيه. رعب أكبر مما قد يتحمله زاهر عيد، وجد نفسه فيه إلى الحد الذي ظننت معه أنه مات عنده بسكتة قلبية. دفعته بقبضتي وحذرته من أن ينطق وإلا قتلته حالًا. كان سكين يظهر الآن وقد وضعته في جراب حول ساقي. جرجرته بجسده الثقيل وكرشه الضخمة وجلبابه المفتوح الفاخر وفزعه المريع، من السرير إلى الأرض، مسرعًا دون مراعاة لضخامة بنيانه، وكنت أعيد ترتيب كل ما في طريقي، أهدر أناقته وترتيبه، جرجرت زاهر عيد معي، صعدت من المطبخ إلى سلم السطح، كان عَرقه قد بلَّل كل سنتيمتر في جسده. وسَرَت رجفة وحمى مدمدمة في بدنه، كان قد ساب تمامًا، تحللت مفاصله وانفكت عظامه وخفت روحه وجسده معًا، أغمي عليه وغاب عن الوعي، لكنه أفاق في اللحظة التي وقفته فيها مستندًا إلى السور يرى حراسه بالأسفل، ثم في حركة تدرَّبت عليها أيامًا أمسكت رأسه

بكفيَّ وأدرته بعنف في حرفة واحتراف، ثم خنقته بما في يدي. كنت قد لملمت أشيائي وأعدت باب السطح إلى موضعه ووضعت كل حاجاتي في الحقيبة الصغيرة، ثم عدت إلى زاهر عيد في جلبابه الواسع الذي تمزَّق الآن وتقطَّع وبانت جثته المربربة الممتلئة اللينة، وجروح صغيرة، كدمات وسحجات في بدنه من أثر الزحف والخبط.. رفعته من قدميه وعدلته على السور ثم رفعته بكل قوتي وأوقفته مستعدًّا للقفز، ثم دفعته بكفي فارتمى من السطح إلى بلاط التراس تحت في أرض الفيلّا، كان سقوطه سقوط فيل، وارتطامه بالأرض ارتطام طائرة مهشمة بأرض المطار! استفاق الحراس وبهتوا وجروا نحوه، بينما أسرعت أنا إلى سلم السطح وهبطت، جريت مترين ثلاثة فلمحت السيارة نفسها قادمة نحوي، لم تقف بل فتحت الباب الخلفي فركبت قفزًا.. ومضت السيارة تطارد الزمن.

في اليوم التالي كان الخبر منشورًا، أن زاهر عيد قد انتحر، وأدركت أن مَعامل البحث الجنائي والطب الشرعي قد تشككت في هذا الانتحار.. لكن أدركت أيضًا أن شيئًا من هذه التقارير لن يظهر.

١٩

قلق غامض يعتري وجودها، يسري سمت من الرهبة في شريانها حين وقف أمامها الضابط نفسه الذي استقبلها في السجن، الآن هي في المجلة، على مقعد خلف مكتبها، غاب زملاؤها عن المكان في وقت متأخر كهذا، ومن ثَمَّ كان وقوف الضابط بزيه المدني وشاربه الكث وجبهته الواسعة وشعره الراجع إلى الوراء وطوله المديد، الذي جلس مرة واحدة على مقعد قبالتها بعد بعض التحايا التقليدية الواجبة، ارتبكت تظن، وظن هو فأخذ يتكلم بهدوء والابتسامة ملتصقة على شفتيه:

ـ أنا آسف أنني لم آتِ بموعد، لكن في الحقيقة رأيت أن الأمر عاجل ومهم، فقلت لأذهب فورًا بمجرد أن عرفت من السويتش أن حضرتك موجودة.

جاء الشاي فسكت، خرج الساعي فتكلم:

ـ أخشى أن تفهمي ما أقوله على نحو خاطئ، لكن أنا في الحقيقة متزوج ولي ثلاثة أبناء.

بشيء من الفخر وبمزيد من الغموض أخرج حافظته، دسّ إصبعه، أخرج صورة فوتوغرافية صغيرة قدَّمها لمي التي لم تعد تعي ما يجري، فالتزمت الترقب المشوب بالحذر، ببعض الألم، بقليل جدًّا من التفاؤل رأت الصورة فاتسعت في صناعة دقيقة ابتسامتها:

ـ ربنا يخلي.

في إيمان بالغ قال:

ـ صدِّقيني لو رزقني الله الآن طفلة سأُسميها «مي».

آه... تأوَّهت في صدرها، وفمها يتسع تبسمًا وقلبها تشوش (الحكاية هكذا، حب، أينقص المعذبون في حبك يا مي؟).

ولكنه أضاف شطرًا شديد الدقة والحدة والرقة، قاله سرقة، قال:

ـ لكنني لا أحبكِ يا أستاذة مي.

أشعل قلقها واضطرابها وتصادمت أفكارها في كل طرق عقلها، فتعطلت، فسكتت فسكنت وصمتت وأنصتت، قال:

ـ من واجبي اليومي التفتيش على زنازين السجناء، هذا الواجب لا أحد يفعله بانتظام، ولا أنا، خصوصًا غرف المحكوم عليهم بالإعدام. الحاصل يا أستاذة مي أنني في دورة تفتيشية قادتها الصدفة البحتة، ذهبت إلى زنزانة محمود حلمي، كان هذا ثاني أو ثالث أسبوع زرتِه أنتِ في السجن، فوجئت بقطعة ورق صغيرة مقطوعة من مجلة

ملزوقة في ركن بالزنزانة، إنها مقالة لحضرتك وعليها صورتك. شعرت بالقلق، لكن هذا الأمر لا يعد مخالفة جسيمة، فضلًا عن أنكِ تعرفين مشكلة وجود مساجين في زنازين وسجون بلا نساء، ربما أثرتِ فيه شيئًا، المهم بعد أسبوع قررت في لحظة خروجكِ من السجن بعد زيارته أن أزوره في الزنزانة.. وزرته.. هناك كانت كل جدران الزنزانة مليئة بورق من مجلات تحمل صورتك ومقالاتك، لا يوجد سنتيمتر واحد في الحائط فارغ، كله امتلأ بكِ.. الذي فاجأني أكثر من كل ذلك أنني رأيت...

ارتبك متألمًا.. ضابط سجون لكن خجول إلى حد أفرط هو فيه.. لكن مي كانت قلقة ومضطربة، تعرف ماذا رأى، ماذا يمكن أن يرى.. بصوت مُتقطع ومبحوح وواهن ومهزوم سألته:

ـ ماذا رأيت يا حضرة الضابط؟

رفع رأسه بنظرته من الأرض إلى وجهها:

ـ قِطع ملابس داخلية، نسائية طبعًا. (بسرعة واندفاع).

ـ وما الذي يخصني في هذا، سواء عنده صور مقالاتي أو أي قطعة ملابس داخلية اشتراها له أي شخص؟!

قال في تحدٍّ ووضوح مُنضبط:

ـ كون صورك عنده فهذا دليل على أن نظرته إليكِ لم تعد نظرة إلى صحفية أو كاتبة، بل إلى امرأة يُحبها أو تُثيره

أو يريدها.. أو تهمه. اختاري ما تريدين، وأن تكون عنده ملابس داخلية حريمي (بدا وقحًا قليلًا في لهجته الآن) فهذا شيء قد يكون طبيعيًّا، وقلنا ليس مُهمًّا، هذا رجل يستثير شهوته المكبوتة في سجنه، لكن المشكلة يا هانم أن هذه الملابس، وهي عبارة عن مشدين للصدر وكلوتين وقميص نوم، هذه الملابس ملابسك يا مدام مي!

قامت فزَعًا، ارتياعًا، مفاجأةً، صدمةً، قلقًا، استنكارًا، استنفارًا، قامت من المقعد وهو يتابعها بعينيه، لم تتكلم فتكلم هو:

ـ كان لدينا في السجن أحد النزلاء من لصوص غسيل الأسطح والحِبال، كان مُصابًا بمرض شاذ قليلًا هو سرقة الملابس النسائية الداخلية تحديدًا، وكان يحتفظ بها في أرشيف عجيب كان مثار اهتمام الجميع، ضباطًا ونزلاء.. تعرَّف إليه محمود حلمي في السجن، ولسبب أو لآخر تقرَّب السجين منه، وقد خرج بعد تنفيذ العقوبة بثلثَي المدة في إفراج أخير، وقد زاره حرامي الغسيل بعد خروجه بأيام، أمس، وقد تعقَّدت الأمور في ذهني، ولم أستطع النوم من قلق التفكير والخوف عليكِ مما يريده محمود حلمي، وكيف يفكر في تنفيذ ما يريد. ذهبت إلى القسم الذي يتبعه هذا السجين حرامي الغسيل، طلبت من ضابط صديق لي في القسم أن يستدعيه في قوة لإرهابه.. وجاء فعلًا واعترف.. لقد وصل حرامي الغسيل إلى بيتك، سرق فعلًا من حبل

الغسيل في المنور أو على شباك الحمَّام.. سرق ملابسكِ الداخلية.. فقط.

نهض الضابط من مقعده وقد أدى دوره وأرضى ضميره، لكن شيئًا من الحنان الصامت أو المكتوم يقف تحت ذقنه، لاحظ ارتباك وتشوش مي فخفض رأسه وأدار بإصبعه دبلة الزواج الفضية في سبابة يسراه وقال:

ـ أنا لم أقصد أن أبث فيكِ القلق يا مدام مي، لكن كان هذا شيئًا ضروريًا للغاية أن تعرفيه، وأنصحكِ بعدم لقائه بعد الآن، ثم إن أسابيع قليلة بقيت على إعدامه.. اعتبري الموضوع انتهى.

ومضى.

لكنها أبقته، أمهلته لحظة وسألته:

ـ لا مؤاخذة يا حضرة الضابط، أريد أن أتذكَّر اسمك.

ـ حامد.. حامد السرجاني.

في ابتسامة لا لبس في مجاملتها:

ـ شكرًا يا حضرة الضابط.

كانت مي تعرف أن حسين في نقابة الصحفيين، في ندوة أو أُمسية، فراحت، صخب قلبها المدوِّي، عقلها الدائر طاحونة ورحى، ألمها الموجع الغامض، وهذه النسوة المندسة التي تشغب روحها، خافت وصوله إليها، وهامت من قدرتها وها هي ذي تدخل السابعة والثلاثين على أن تكون حلمًا

لرجل، حتى لو كان سفَّاحًا، فقد كان أيضًا خبيرًا بالنساء عاتيًا معهن، شعرت بالذنب من هذا الإحساس، لكنها طردت الذنب لا الإحساس، وظلت قادرة على أن تخوض حربها مع اللاأخلاقيات المعتمدة والمختومة داخلها، ثم إنها منذ أيام اكتشفت اختفاء بعض ملابسها الداخلية، لعله الكلوت الأحمر والسوتيان الأحمر. هما الآن غرام رجل ميت.

ـ المدهش في الأمر (هي الآن تتحدث مع حسين بعدما انزوت به إلى مكان قَصي في جنينة النقابة وصوتهما عالٍ حيث مكبرات الصوت تدفع إلى الخارج غناء فرقة فلسطينية بأغانٍ فلكلورية راقصة وشجية) المدهش يا حسين أن رجلًا على بُعد أمتار من الموت ولا تزال لديه قدرة على الرغبة والتفكير في امرأة! غريبة هذه الدنيا! ثم هل ينقصه أن يضيف إلى نفسه حلمًا لا يتحقق أو إحباطًا لن ينتهي؟!

حسين مشدوه ومدهوش، أحسته فقالت حاسمة:

ـ حسين، هل أنا امرأة تُشجِّع على أن يطمع فيها الآخرون.. طمع يعني طمع... النوم معي أو محبتي أو نزوة عابرة في صحبتهم؟! هل أنا، كما تتصوَّر ذلك فعلًا أو يتصور خالد، ملكة نحل أو متحللة منحلة أُوحي بذلك إلى مَن يراني؟

حسين حاسمًا وهادئًا لكن حزينًا وشجنًا ومهزومًا:

ـ لا، لستِ متحللة أو منحلة، أنا أتحدث مع امرأة محترمة الآن، لكن المشكلة أنكِ تُشجعين الآخرين على تجاوز الخطوط الحمراء حولك وأمامك، أولًا بساطتك في التعامل وروحك الاجتماعية التي سرعان ما تحطم أي حواجز، ثم ضحكتك المتهتكة رغم براءتها، ملامستك الجسدية التي تتعامل مع الحياة على أننا بلا مطامح جنسية أو رغبات متأهبة، ثم عدم تحرجك في الكلام أو الاستماع للجنس ومشاكله وتفاصيله وقصصه بلا خجل، ربما من منطلقات علمية وإنسانية، لكن اشرحي للآخرين هذا لا لي. وأخيرًا يا مي هذا التسامح العالي المشكوك فيه تمامًا.

ـ أي تسامح؟!

ـ لو حاول ذَكر ما أن يخطئ معك، فأنتِ ترفضين لكن لا ترفضينه، يُقبّلك عنوة ورغمًا عنك، لكنك لا تعاقبينه ولا ترفضينه، أنتِ تسامحينه لدرجة أنه ـ ثم أنا ـ أعتقد أنكِ لا تعتقدين في داخلك أنه أذنب، ربما هذا حقه أن يفكر فيكِ جنسيًا دون سماحك وموافقتك، أو أنه حقك أن تجدي صدى لأنوثتك عند خلق الله كافة.

بادرته مي بسكين حام على عنقه:

ـ هل فكرت فيَّ عارية يا حسين من قبل؟ كم مرَّة؟ هل حلمت أن تنام معي من قبل؟ كم مُرَّة؟

لم يجد حسين مفرًّا من استعارة جرأتها الوقحة وصراحتها الفجة فقال:

ـ كثيرًا.

في براءة قالت:

ـ وهل شجَّعتُك؟

كأنه يتحدث في ندوة أو مناظرة قال:

ـ هناك فرق يا مي، أن أفكر فيكِ فهذه مشاعري وأحاسيسي ووجداني وآلامي وأحلامي، هي فعل أي شيء أنا حر فيه ومسؤول عنه. السؤال الآن: هل حاولتُ أنا أن أمسك صدرك مثلًا؟ هل كنا معًا في مصعد والتصقت بكِ أو قبَّلتك؟ هذا ما لم يحدث، لأنني فهمت حريتك وانطلاقك وصراحتك محاولةً للتمرد على منطق العالَم التقليدي الآمن، ولم أفهم من ذلك شرمطة أو تحللًا أو كونكِ مِرفقًا عامًّا كل مَن يريد أن يضع بوله في مبولته يتفضَّل.

في رقة وحزن قالت مي وهي تنظر إليه بعينين دمعهما بعيد عصي:

ـ إذن أنا أريد العالَم كله مثلك يا حسين.

بسرعة أجاب:

ـ يتمناكِ ولا يزعجك.

هزَّت مي رأسها وأطرقت وحادثته كمن يحدِّث نفسه.. هامسًا ومؤنِّبًا وسائلًا:

ـ لو قررت أن أخاصم كل مَن حاول التحرُّش بي لهجرت الدنيا
والعمل، في كل مكانٍ ألتقي من يبدأ بالنظرة والدعابة وينتهي
بالمضايفة، حتى أسهر بين أصحابي، هم ناس جُمال وأحبهم،
فإذا أخطأ واحد أو بالغ في شرب، أو مر بلحظة ضعف، فأنا لن
أقطع رؤوسهم وأهجر حياتهم لمجرد أنهم أخطأوا، أليس هذا
ما يمكن أن نسميه الرحمة يا حسين؟ أنت تريدني قاسية حادة
وحيدة، كما فعلتَ يومها في المصعد حين آذيتني. لا أريد أن
أتذكَّر هذه الليلة فيبدو أنها سقطت لديك!

ـ أنا لا أريدكِ رخيصة.

حاسمًا ومندفعًا وعدوانيًّا قالها.. وأضاف قبل أن تنطق هي:

ـ أنتِ لا تعرفين كل مَن يقدم لكِ وجهًا بريئًا ماذا يقول عنكِ في
ظهرك، هناك شائعات وحكايات وجلسات، أنتِ الوحيدة
التي تدركين أن هذه رحمة، لكنني أرى الآخرين في حوارهم
العدواني والشهواني، حتى الأماكن التي تجلسين فيها،
حتى الأشخاص الذين حاولوا معكِ فرحمتهم.. هؤلاء
رأيهم أنكِ امرأة...

ـ امرأة مومس؟

وهي ساكتة منسحقة تمامًا.

نفى بسرعة هائلة:

ـ أبدًا، لا، إطلاقًا، لم يقُل أحد ذلك، لكن أنتِ متاحة يا مي،
لكل منهم قصة عنكِ، وكل منهم لديه تفسير لانفصالك

عن خالد، ورفقتك لحسن، ولنومك مع فلان مرة في أثناء رحلة زيارة، أو أن فلانًا كان معكِ في بلكونة وحاول وقبَّل والتصق، أو قصة عن يوم شربتِ حتى سقطتِ من الخمر والسُّكْر وحملوكِ إلى منزلكِ في سيارتهم (...) هذا هو الرخص الذي أتحدث عنه!

ـ أنت تريد أن أخجل من نفسي يا حسين؟

ـ أنا أريد أن تعرفي أنكِ أجمل امرأة في العالم، وأنني أذوب في هواكِ وأغار عليكِ وأريدكِ لنفسي وحدي، وكل هذا الكلام أضغاث أحلام، تفاهات محب، أمراض عاشق.. فقط عودي لبهجتك! ولخيالك! كما أنتِ، فلا أنتِ ولا أنا ولا أي أحد سيتغير.. يكفي أن تعرفي أنني أُحبكِ لتُقدري كل ما قلته سواء كان صحيحًا ينطلق من المحبَّة، أو كان خطأ ينطلق من الغيرة والعجز عن نَيلك.

في هدوء وهمس باحت مي بما اضطرم داخلها نارًا:

ـ أخشى أن يكون ما قلته صحيحًا.. فلا ينقصني إلا أن يكون صحيحًا حتى يسقط جدار آخر في حياتي.

شعر حسين أنه قد لا يكون محقًّا؛ فلِمَ تذهب إلى بيتها حاملة مأساة كلامه؟ فقال:

ـ اعتبريه غير صحيح!

نهضت في انتفاضة ألم وتنهد وضربت فخذيها بكفيها وحملت حقيبتها وقالت:

ـ قلبي غير مطمئن إلى الضابط تمامًا مثلما هو غير مطمئن إلى محمود حلمي، لكن ما قاله في الأشرطة يا حسين كلام على أكبر درجة من الخطورة ولن أتخلى عن لقاءاته بأي ثمن.. ما أطلبه منك أن تأخذ نسخة من هذه الأشرطة عندك في البيت.. لا أحد يعلم ماذا سيحدث.

قام حسين معها، سارا معًا في نهاية الممر إلى الباب الخارجي، نادته شابة صغيرة، قصيرة بيضاء ذات نظارة أنيقة ترتدي ثياب طالبة جامعية وجميلة للغاية:

ـ حسين.

التفت فابتسم وابتسمت مي، ارتبك حسين وهو يرى إقبال الشابة المبهج المندفع نحوه:

ـ حسين، إنت ماشي ولَّا إيه؟

أومأ حسين نافيًا وقال بارتباك:

ـ لا أبدًا، سأوصل مي وعائد إليكم.

نظرت الشابة نحو مي وابتسمت وأومأت وانصرفت، لاحظت مي خفق قلب حسين، ضحكت وهي تخبطه على كتفه:

ـ وعامل بتحبني وبتموت فيَّ وإنت غارق في حب جديد؟! لكن بنت زي القمر، ومالها نظرت إليَّ هكذا ومضت ولا كلمة؟! خايبة قوي، فهمها يا ابني أنا مين.

كانا في وسط الشارع تمامًا حين وقف حسين، وقال:

ـ إنتِ أهم موجود في الوجود، إنتِ حبي الآسر والأسير،

ـ لا وجود لأحد آخر في قلبي، هذا ما يجب أن تثقي به مهما حدث.

ـ لماذا؟

ـ لأنه الحقيقة.

ـ وهذه البنت الجميلة السخيفة؟

ـ كل ما أريده فيكِ موجود فيها، الفرق الوحيد أنني أُحبكِ ولا أُحبها.. ولا أَستطيع أن أنالك.. وربما أنالها!

فتحت باب سيارتها، همت أن تجلس على مقعد قيادتها، لكنها مدت يدها إلى المقعد الخلفي، رفعت حقيبة بلاستيكية فيها أشرطة الكاسيت وأجندة قدَّمتها لحسين:

ـ الأمانة.

عادت إلى الباب فأمسك بكتفها:

ـ هل تعرفين هذه القصة؟ اثنان محكوم عليهما بالإعدام، يوم الحكم وقف كل منهما أمام عشماوي والضباط، وسألوا كل واحد نفسه في إيه.. سألوا الأول: «نفسك في إيه؟». قال: «نفسي أشوف مراتي وأحضنها قبل ما أموت». نظروا إلى الثاني وسألوه أيضًا: «نفسك في إيه؟». قال لهم: «مش عايزه يشوف مراته ولا يحضنها قبل ما يموت».

ضحكت وقالت:

ـ وما الدروس المستفادة من هذه القصة؟

رد واثقًا وجادًّا:

ـ أنه ليس شرطًا أن انتظار الموت ينهي الشر فينا! ثم إننا أيضًا قد نظل نغار أو نكره قبل حتى أن نموت بدقائق، أما الدرس الثالث فهو أنني لا أريد أن يراكِ أحد ويحضنكِ حتى قبل أن يموت بدقيقة!

٢٠

فزعة جزعة تنتظر قدومه وقد أمسكت بأسنانها قلمًا وضعته في فمها كي توقف هدير القلق الذي يجري الآن مكتسحًا أيامها. دخل وجلس. كان هادئًا بطيف نسمة وطيف طيبة. أودعت فيه كل حيرتها وشكوكها، لم تنتظر حتى يداعب الصول عبد المجيد، أو يحدق إلى شباك الغرفة محذرًا الجنود المراقبين من الاستمرار في وقفتهم الحارسة.

ـ هل صحيح أنك أرسلت لصًّا إلى منزلي وأن ملابسي الداخلية عندك؟

قاوم كثيرًا كي لا يُظهر السؤال على وجهه أثرًا فقال وضغط الضرس على الضرس تمامًا في خده عند فكه:

ـ وماذا يضيرك؟

ـ يعني حصل؟

بوداعة:

ـ أنا أعرف أنني لا أُحبك، أنا هنا مقبوض عليَّ ومنقبض، لا أعرف أن أنام ولا أريد أن أصحو غطسان في بحر، لا يوجد تحت أي أكسجين، أنتِ أكسجيني، أنتِ لا تُقدِّرين معنى امرأة جميلة في مكان قبيح، وامرأة متوهجة في قلب ميت لرجل ميت. هذا ما حدث، لا ذنب للهواء أن أشعل حريقًا، العَلم حتة قماشة معلقة على سارية في مدرسة، أتى الهواء فرفرف، لم يكن العَلم يعرف ولم يكن الهواء يقصد. ثم إنني لا أؤذيكِ، بل لن أدع أحدًا في الكون يؤذيكِ.. فلا تخافي.

بلَّ ريقها كلامه، فأنشدت الراحة في الرحلة:

ـ أنت غريب يا محمود.. أحيانًا لا يبدو أنك أنت السفَّاح القاتل !

طق له عرق، فاستفحل غضبه المكمم في صدره وانطلق:

ـ أنا لست قاتلًا سفَّاحًا، ربنا اختارني لهذه المهمة، البعض يتخرَّج أطباء، محامين، مُدرِّسين، هو أراد بإرادته أن أكون كذلك. فرضًا، لو كان لا يريد ذلك لكان أبدلني أُمًّا غير الأم وأبًا غير الأب، أو كان وضع في قلبي قلبًا آخر، أنا مُسيَّر، سيَّرني ربنا لهذا الطريق، لم أختر شيئًا، هو الذي مص مني دمي وخوفي ورعبي، هو الذي جعلني حادًا خشنًا لا أخاف الموت ولا أرهب أحدًا، هو الذي اختارني ولم يخيِّرني، أنا عشماوي بتاع ربنا، وسيلته كي يتخلص من أرواح ويزهق أناسًا.

تعرف أنه تافه ومُسطح فلم تأخذ حواره جَدًّا، لكن في نبرة سخرية:

ـ وهل سيَسأل أحد ربنا عندما يقبض الأرواح في أسرَّتها وعند أُسرتها؟ ألا بد أن يختار سيادتك كي تريق دمًا؟ الموت ليس في حاجة غالبًا إلى دماء!

قام ثم جلس:

ـ اسمعي، لا تحاولي أن تُقدمي نفسك على أنكِ الخضرة الشريفة، لا توجد خضرة شريفة، ولا يوجد الأنقياء الأتقياء، كلكم تتكلمون عن ربنا وأنتم لا تعرفونه.. حتى الذين يتحدثون على لسانه، إيه يعني الفرق بيني وبين اللي بيقولوا عن نفسهم بتوع ربنا؟ كلنا بنقتل. الفرق إنهم حافظين كلمتين ويفترون على ربنا، أنا لأ، أنا موافق إنه يطلَّعني قاتل سفَّاح، هو في الآخرة سيسألني: «عملت كده ليه؟». أقول له: «اسأل نفسك». ربنا رحمته واسعة والنبي، غفر للزانية مش حيغفر لي، أنا ولَّا صلاح؟

استوقفتها الغضبة، توقفت عند كلامه المتخبط الذي يبدو كأنه أسمعه لنفسه كثيرًا، أو أنه كان مُلتهبًا حتى التهيؤ للجنون، عند اسم صلاح رَنَت ومدت الكاسيت ناحيته أكثر، كتبت الاسم كبيرًا دائريًّا على ورقها الأبيض، وهمست في أنوثة تفض بكارة الرجال:

ـ مَن صلاح هذا يا محمود؟

ـ صلاح الدين يحيى.

خطفها الاسم، إنه هو فعلًا:

ـ صلاح الدين يحيى أمير الجماعة الإسلامية؟

ـ أتعرفينه؟

فتحت فمها دهشة، ووضعت أصابعها بيضاء رقيقة صغيرة على شفتيها، ثم اقتربت منه همسًا ثم لمسته فعلًا، ووضعت أصابعها على ظهر كفه فارتجف.

ـ محمود، أنت لا تضحك عليَّ؟

مؤمنًا بها وأمينًا تمامًا، وغارقًا في مشاعر يجدف على مركبها قال:

ـ أبدًا.. لم أكذب قطُّ ولن أفعلها.

ربتت على كفه ثانية كطلقة مدفع تطمئن على انهيار الحصن:

ـ هل تعرف خطورة ما تقول؟

ابتسم ثم ضحك:

ـ هل ما أقوله خطر فعلًا؟

ـ قَطعًا!

ـ ألم يعرفه الناس؟

ـ لا.

ـ إذن هـم أغبياء، وهل يمكن أن يحدث كل ذلك ولا يكون وراءه غموض، أصابع تلعب به وتلاعبه؟

ـ إذن أنت قتلت صلاح الدين يحيى!

ـ لكن الموضوع لم يبدأ هكذا بالضبط.

ـ إيه؟ هل تطوَّعت أنت لقتله؟

ـ لم أكن أعرفه حتى جاء السيد.

ـ أي سيد؟

ـ رنَّ جرس التلفون في الشقة، وقتها كنت أعبث في الحياة بلا أي تفكير في أي شيء، يشغلني فقط قضاء الوقت، ثم إنني كنت سعيدًا بأنني قوي لا يهمني أحد ولا أهاب شيئًا، جاءني التلفون من صوت خشن جديد عليَّ:

«مَن أنت؟».

«إنت مين؟ إنت اللي طالب».

«أنا السيد».

«يا سلام! وعايز إيه يا سي السيد؟».

«غدًا في مطعم «فلفلة» بوسط البلد الساعة ثلاثة ظهرًا في انتظارك».

«لن أحضر».

«ستحضر وإلا جئنا لك.. نحن نعرف العنوان، ثم هل أنت خائف؟ ستكون في محل عام وسط الناس.. تعالَ سأعرفك أنا».

قلَّبت الموضوع في رأسي عشرات المرات، مَن هُم، وماذا يريدون؟ وهل هم نفس الذين أرادوا قتل زاهر عيد؟ هل هو كمين؟ قضيت الليل أفكر، وفي الصباح كنت في وسط

البلد أمسح المكان كله، أرقب وأراقب، لم ألمح شيئًا غير عادي لي، قلت في الثالثة، وجدت مَن يقف وراء مائدته ويشير إليَّ:

«أستاذ محمود».

كان شخصًا طويلًا عريضًا وسيمًا، له شارب مرسوم وعينان واسعتان وشعر مسحوب للوراء، وفي يده اليسرى دبلة من فضة، وبدلة كاملة زرقاء ورابطة عنق مزركشة، وأسنان قوية مبتسمة طول الوقت، صافحته وأجلسني، مرت دقائق ثقيلة سخيفة، «تشرب إيه؟»، وهذا الكلام الفارغ وبعض المديح والنفاق التافه، ثم انعطف سريعًا على حكاية زاهر ثم توقف وتوقفت.. ثم ابتسم فضايقتني ابتسامته، سألتُه:

«هل أنت مباحث؟».

«لا تشغل نفسك بمَن نحن».

ضاق صدري به وأحسست دوامة تمنعني عن أن أتنفس بمفردي، خبطت على المنضدة فاهتزت المشروبات، وحاول هو أن يكون هادئًا.

«ماذا تريدون هذه المرة؟».

«هناء الراوي».

«نعم يا اخويا؟».

«احترم نفسك واسمع الكلام مثل الكلب ونفذ الأوامر».
«هل تريدني أن أقتل امرأة؟».

اقترب حتى كادت شفتاه تلامسان أرنبة أذني.

«ومَن جاء بسيرة القتل يا غبي؟! إنها باحثة في مركز بحوث متخصص في ظاهرة العنف والإرهاب في مصر».

عاد برأسه إلى الوراء وأسند ظهره إلى بطن المقعد.

«منذ فترة تعارفَت تعارفًا متينًا مع صلاح الدين يحيى، واد من الجماعات الإرهابية الجامدين قوي، دوره الاتصال بالمراكز والجمعيات ووكالات الأنباء والصحف والباحثين، يقول تصريحات، يتكلم في برامج أجنبية، وحاجات مثل هذه، لاحظنا من مراقبة تلفون هناء الراوي إن فيه حاجة غامضة بينها وبين صلاح الدين يحيى، احتمال أن يكون جنسًا، لسنا متأكدين، لكن هذا لا يهمنا الآن، ما يهمنا أنه ترك لديها أوراقًا وأشرطة، طبعًا ممكن نستدعيها مرة واثنتين نطلب منها التعاون، في الإمكان نؤدبها بطريقتنا، ونجرِّبها بطريقتنا، لكن هذا لن يعطي لها ولصلاح الأمان في الاقتراب والاندماج، هو يجازف كثيرًا بالاعتماد على واحدة علمانية خارج التنظيم، وهي تجازف جدًّا لأن علاقتهما لو انكشفت ستصبح صدمة».

كنت قد تُهت من الحكاية التي أخذ يسردها عليَّ، لكن لا أتذكر هل هذا ما قاله لي تحديدًا. أما ما فهمته بعد ذلك بوضوح أكثر واكتمال أوضح، أن هناء متزوجة بشخص أمريكي مقيم في أمريكا، هي تسافر له شهرًا وهو يأتي لها

شهرًا آخر في السنة، وأنها تسكن في شقة بالمهندسين، والمطلوب مني أن أسرق هذه الشقة.

تدخلت مي الآن وقد وقفت أعصابها على باب قلبها تسند بكفها قلبها مخافة أن يقفز الآن قفزًا فزعًا من صدرها على الأرض؛ تعرف هناء الراوي جيدًا، التقتها كثيرًا في ندوات وفي حفلات عند أصدقاء مشتركين، شاركتها احتساء بيرة أو خمر، وشاهدتها مرة في حفلة مع زوجها الأمريكي، كان البعض يُثير كلامًا من قبيل أنه مخابرات أمريكية أو يتعامل معها، تعرف هناء، سمراء نحيفة رقيقة، مصرية جدًا، نجمة في ندوات حقوق الإنسان، لها عدة كتب مهمة، بعد رسالة الدكتوراه تزوَّجت من قَبْل برجل فلسطيني ثم انفصلا، وتزوَّجت الأمريكي الأخير، كانت تحسدها على حرية التبديل في الأزواج والعالمية التي تتمتع بها في هذا المجال، لكنها الآن يلسعها سلك كهرباء عارٍ، تذكرت ليلة التقتها عند الطبيب النفسي الشهير، كانت مي على موعد معه لإجراء مقابلة صحفية، وهناك وجدتها تخرج من غرفة الكشف، ارتبكت لحظة، ثم صافحتها وقبَّلتها وسألت هناء مي:

ـ هل جئتِ لحوار صحفي؟

أجابتها بالإيجاب، فابتسمت هناء وقد وجدت مبرِّرًا سريعًا لحضورها:

ـ أنا هنا من أجل بحث خاص برسالتي.. الدكتور ممتاز.

أي بحث خاص برسالتها مجاله الطب النفسي؟ إن بحثها في السياسة، هل هناء تعالَج عند الطبيب فعلًا؟ ثم ما الذي دفعها إلى أن تجرب أن يأتي محمود حلمي ليحتل بطولتها؟ نفضت عذاباتها الصغيرة وأسئلتها الحائرة عن ذهنها، وسألت محمود حلمي، وهدوء صامت يسيطر على المكان:

ـ لكنك لست هجَّامًا أو حرامي شقق يا محمود! لماذا يرسلونك إلى هناك؟ كان أجدى أن يكلفوا أي حرامي ممن يتعاملون معهم، أليس كذلك؟

تنهد محمود وهمس في رِقة:

ـ هل تعرفين هناء الراوي؟

ارتبكت واعتدلت:

ـ لماذا تسأل هذا السؤال؟

ـ عيناكِ حائرتان، وارتباك يعم جسدك كله أمامي، هل أستمر وأحكي، أم لا داعي من القصة كلها؟

في حزم وحسم:

ـ إطلاقًا.. احكِ بكل صراحة، لا تحذف حرفًا مما كنت تريد أن تقول. لكن لماذا أنت فعلًا؟

ـ لأنني لستُ لصًّا، أنا قاتل، كانوا يتوقعون أن أجد هناء، هناك في شقتها، وربما معها صلاح، كانوا يعتقدون أن هناء وصلاح إذا وجدا لصًّا بالشقة فسوف يقاومان، على الأقل صلاح سيعمل رجلًا أمامها، وهنا أقتله، فيتحقق

ما يريدون، قتلي صلاح وفضيحة تكسر عين هناء وتجعلها طيعة في أيديهم.

في اليوم التالي للمقابلة وضعوا لي مظروفًا في صندوق بريد العمارة، فيه العنوان بخريطة للبيت، موقعه وطريقة الدخول الآمن إليه، صور كثيرة لهناء الراوي: صور من ندوات، صور شخصية، صور منزوعة من مجلات وجرائد، وصورة فوتوغرافية غير واضحة تمامًا لها مع صلاح الدين، ثم صورة لصلاح في مظاهرات وندوات ومؤتمرات مزدحمة.. كان الطلب واضحًا محدَّدًا: أسرق من البيت أشياء ثمينة، وضمنها أسرق محتويات مكتب هناء، وكل ما أراه بخط اليد في أماكن خاصة بالبيت. كان الطلب واسعًا للغاية حتى تكاد تدرك أنه ليس مطلوبًا منك شيء، أنت تذهب طمعًا في شيء للوصول إلى قضية بعينها، أو هدف بذاته. أخذتني اللعبة وذهبت.

كنت داخل شقة هناء الصامتة الساكنة، كنا في الواحدة صباحًا ولم تكن موجودة، هل هي في سهرة بالخارج عند أصدقاء أو أهل، أم أنها سوف تبيت خارج شقتها؟ كنت نويت إتمام العملية في أسرع وقت بأكثر ما تطوله يداي، كأنني قمت بالواجب، وأبعد عن هذا الموضوع رغم اعتقادي أنهم لن يتركوني في حالي، لكن من موقع الغرور والقوة التي أحسها في موقفي، أو احتياجهم إليَّ كنت

أشعر أننا نتفاوض من موقع الند والشريك، وأنني لا أفعل إلا ما أرضى عنه وما أريد. كنت في الشقة أضيء بكشاف بطارية محتوياتها. لماذا أول ما دخلت دخلت إلى غرفة النوم؟! بإحساس له ما يبرره كنت أقلب بحثًا عن الأدراج المخفاة أو الجيوب الخشبية السرية، كانت صورها أكثر ما في المسكن، ليس صعبًا أن تدرك أنها تحب ذاتها أو مغرورة، لكنها كانت صورًا ملتزمة بلا خلاعة. وكذلك صور لزوجها على الجدران. فتحتُ الدولاب، كانت ملابسها ثمينة وغالية وكثيرة، دليل غنًى ولا شك، فيه علب فوق رفوف الدولاب، كانت توجد إكسسوارات قديمة وعلب غريبة فارغة، ثم فتحت صندوقًا خشبيًا كبيرًا، فأفزعني الأمر حتى كاد يُبدد تماسكي، كانت به أدوات جنسية، أعضاء ذكورة صناعية وأدوات التقييد والتعذيب ملفوفة في أكياس، وأشرطة فيديو لا شك أنها خاصة بالجنس، هل تخصها هذه الأشياء أم أنها لزوجها؟ وهل يحتاج إليها زوجها إلا معها؟ أم أنها تفرغ شهوتها بنفسها لنفسها؟ سرقني الصندوق لأبحث في اتجاه واحد لا ثاني له، مَن هذه المرأة؟ كان الجانب السري لسيدة أكثر إغراء من التفكير في استكمال مهمة فارغة تنتهي في دقائق. قلبت في البيت، جئت بمجلات، فوجدت المجلَّات العارية، وأخذت أدير أشرطة فيديو وأوقفها وأضع أشرطة أخرى... لكنني انتبهت

للحظة أن أحدًا خارج الشقة، أن أحدًا أمام الباب، ساعتها انتفضت وعدوت بقوة للاختباء، كان المطبخ هو المكان الوحيد الذي ذهبت إليه، لم أكن ضائقًا منها، كنت غير راغب في قدومها في الحقيقة، فوجئت أنها دخلت الشقة، وخلفها صلاح الدين يحيى نفسه بلحيته وطوله وعرضه وفتوته، مرتديًا قميصًا أبيض وبنطلونًا من الجينز، يلبس الساعة في يمينه. نظرت من الباب الموارب لأراه واقفًا منتظرًا في طرف الصالة وقد أضاءها، بينما اختفت هي! ثم بسرعة سمعت صوتها يناديه: «صلاح».

فدخل فورًا إلى غرفة النوم.. إليها.

كان شيئًا متوقعًا، ربما كان مَن أرسلني يعرفه تمامًا، لكنني ارتبكت، غصة وقَّفت سريان الريق، عطلت جريان الدم في جسدي، تسحبتُ على قدميَّ حتى أطلَّت عيناي عليهما في غرفة النوم، كانا عاريين ومندمجين في جنس محموم، وكانت تتأوه وتتوجع وتشتعل بينهما الألفاظ النابية البذيئة كأنها تشجع على حمى اللقاء، تحركات محمومة مندمجة عنيفة، شيل وحَط ووقوف على رُكب وتصدير لمؤخرات ووجع وطقطقة سرير، عرفت أن المطلوب مني وفقًا لمن أرسلني أن أقتلها الآن، فما كان مني إلا أن انصرفت.

تخيَّلي.. فتحت الباب وخرجت كأنني كنت في زيارة

لصديق، لشهور كثيرة ظللت أفكر في هذه الليلة، لماذا لم أنفذ؟ ما الذي دفعني إلى ذلك ومنعني عن ذلك؟ هل عطف مفاجئ، أم تردد، أم تمسك بأن يكون القرار قراري؟ ربما الذي جرى ليلتها لأمتنع.. هل عندكِ فكرة يا أستاذة مي؟

مي.. هل تشعر بالمفاجأة؟ بالصدمة؟ ما الذي يصدمها في أن تكون لهناء علاقة خاصة؟ ألم يكن لها ما لهناء، زوج ثم عشيق أو زوج وعشيق؟ هي حرة، ومتى حاكمت مي أحدًا؟ هل لأنها تملك أدوات جنس؟ ربما مزاجها عنيف أو شعورها بالاحتياج أعنف، الأمر لا ينتقصهما فهو شيء شخصي خصوصي وحميمي، وسواء يشاهد أصدقاؤها أفلامًا خليعة أو لا يشاهدون، مالها ومالهم؟ ما الذي يعذبها الآن؟ هل افتضاح هناء وأمرها، أم أن الحياة الخاصة يمكن أن تكون عامة إلى هذا الحد، ذائعة ومعروفة ورخيصة؟ أم آلمها أن يكون عشيق هناء ورجلها هو نفسه الذي يطيح في كل زملاء هناء تكفيرًا واتهامات بالردة والشرك والخروج عن الإسلام؟ صحيح أن صلاح ذو شخصية متميزة؛ هدوء وقدرة على استيعاب الخلاف، ولباقة تمنعه من الاصطدام بالغير، ورغبة عارمة، تجنيد الآخرين لقضيته، وأدب

جم، ودأب شرس، كان مختلفًا عن رفاقه وإخوانه، كان يصافح النساء، ويُكلِّم غير المحجبات ويتحدث في الفن والموسيقى.. كان ماركسيًّا سابقًا ثم ناصريًّا ثم انتمى إلى الجماعات الإسلامية فصار نجمهم ووزير إعلامهم، لكنه يصغر هناء بسنوات سبع، وعلى نقيض أفكارها، ومطارَد من الأمن والشرطة.. فتفعل كل هذا لأجل الحب، أم لأجل الجنس؟

دعك من أنها تخون زوجًا أحبَّته وشهر إسلامه إرضاءً لها، إصرارًا على زواجها...

ماذا في الأمر يا هناء؟

هل كان دمك رخيصًا إلى هذا الحد؟

غاص محمود في مقعده وأكمل:

ـ نزلتُ من الشقة فوجدت سيارة «بيجو» بيضاء واقفة عند أول ناصية في الطريق، انفتح بابها الأمامي، وهبط منها نفس الرجل الذي كلَّفني بالمهمة، لطمني لطمة مليئة بالغل والغضب، لم يكن مني سوى أن اندفعت نحوه وضربته في بطنه بلكمة أطارت زمام نفسه، ثم أسرعت بسِن حذائي وفي قصبة رجله بقوة وانتقام.. صرخ من الألم، فأخرج مسدسًا وهو يرتعش ويرتجف متألمًا، غرسه في بطني وأمسك بعنقي بقبضة يده، أدخلني السيارة وتوجهنا إلى شقتي، صعدنا وكان قد تمالك نفسه وعاد رشده إليه.. بقينا حتى الخامسة صباحًا يقظين نشرب شايات وقهاوي، اتصل هو

عشرات المكالمات التلفونية، وفي السادسة طلب مني أن نهبط معًا إلى الشارع، ركبنا السيارة نفسها حتى وصلنا إلى عين شمس، ووقف عند مكان منزوٍ هادئ، التفت إليَّ بعين مجهَدة ومتوعدة ومهدِّدة.

«صلاح هنا في زيارة تكليفات سريعة، سوف يعبر ميدانًا صغيرًا في الطريق، ستكون في انتظاره... بعدها مباشرة ستمر سيارة «رمسيس» سيُفتح بابها وتركب وهي ستوصلك إلى روكسي، ومن هناك تتصرف».

مال بجسده كله نحوي، فتح الباب المجاور لي، وفي وضوح سافِر: «اتفضل انزل».

وتفضلت... دقائق أخذتُها سيرًا هادئًا أتحسَّس مسدَّسي، كانت نيتي ناصعة، سأقتله، كان مشهده وهو يتمرَّمغ مع هناء الراوي يخلع قميصه في ارتباك وتعثر، اللهفة على قضاء الشهوة، ينزع عنها ثيابها، تساعده هي حتى يتعرَّى، الشبق تمامًا في اشتباكٍ عارٍ وصل إلى قمته لديَّ.. كنت أضحك من المفارقة الغريبة؛ امرأة متحررة متزوجة سافرة، وشاب من الجماعات المتطرفة متعصب ومتزمت وقاتل، ومع ذلك على سرير واحد! أهو الجنس، أم الحب، أم المرض، ذلك الذي جعل سيدة مثل هناء الراوي لو طلبت نصف رجال مصر بين فخذيها لاستجابوا، جعلها المرض الشهواني تستعين بأعضاء صناعية وأدوات

مستوردة للمتعة السريعة الذاتية؟ هذه الدنيا لا تزال قادرة على إدهاش الناس!

كنت في الميدان الصغير الآن، وبدأت الحركة الصباحية، الأبواب المغلقة تنفتح، ومحالُّ الفول تشهد زحامًا، وأطفال ذاهبون إلى مدارسهم، وعمَّال ينتظر بعضهم بعضًا للرحيل، وصبية يرشون الماء أمام الدكاكين... لحظة وظهر صلاح قادمًا من باب أحد البيوت المطلة على حارة توصل إلى الميدان الصغير، الذي تتوسَّطه نافورة ميتة صخورها متآكلة عطنة، هناك في أول الطريق لمحت السيارة «الرمسيس» منتظرة في ترقُّب، واقترب صلاح حتى بات مكشوفًا لي تمامًا، أخرجت المسدس بهدوء من تحت قميصي، لمحني في اللحظة التي رفعت فيها المسدس، نظر إليَّ مندهشًا مبهوتًا مصدومًا، أكان يبحث عن مسدس، أم سلاح، أم استغاثة؟ أكان يتلفت بحثًا عن إخوانه يرقبونه ويدافعون عنه ويلحقون به؟ كان مرتبكًا غير مُصدِّق، يحرك كل أعضاء جسده حين وجهت فوهة مسدسي إلى قلبه، وأطلقت عليه ست رصاصات متتالية أفزعَت الحي كله، ورنا عليه صمت مُطبق مطلق كأن خرسًا أصاب الوجود، كانت السيارة «الرمسيس» هي الشيء الوحيد الذي أصدر صوتًا في هذه اللحظة، حين عبرَت بجوار صلاح، الملقى على الأرض يعوم في دمه، وانفتح باب السيارة فقفزت داخلها،

والتفتُّ حين جلست لألمح في لمحة هرج المكان، انتحاء الناس بعيدًا عن الجثة، ثم بعض الجلابيب البيضاء المتدافعة ناحية صلاح المقتول، ثم ابتعادهم سريعًا كأنهم يفرون منه مخافة الانكشاف. في ميدان روكسي كان الصبح لا يزال مُتأهبًا حين هبطت من السيارة وتلفت حولي.. كنت عاديًا وسط أناس عاديين، ساعتها قررت أن أشرب شايًا في كافتيريا بالميدان، أجلس أتأمل هذا العالم من وراء فنجان الشاي.. هل بدا لي يومها عالَمًا يستحقني؟ فقط أشعر أنني أقوى منهم، وأنهم ـ كلهم ـ ضعفاء مهما حاولوا.

٢٢

هدها الهبد والجهد، كانت قد تكسَّرت تمامًا، بذل حسن كل ما في وسعه كي يطيل اشتهاءً فيطيل انتشاءً، لاحظته من اللحظة الأولى، نثر في جسده قوة طاعتها، حاول إرضاءها بواجب صارم مع نفسه، كان قد حفظ أماكن اشتعال جسدها، مناطق فوران هياجها، فوضع أعصابه وأعضاءه في خدمتها، كانت كل لقاءاتهما السابقة صراعًا؛ مَن يجبر الآخر على إرضائه، الأنانية القاسم المشترك بينهما في الفراش، ولم يكن أحد منهما يتورَّع عن إلصاق تهمة التقصير بالآخر في ليلة أقل إشباعًا وأدنى إرضاءً، وكانت تلك الصفاقة مما يميز جسر علاقتهما التي بدا أنها تحتاج إلى معجزة حتى تتحول حبًّا، لا يكون فيه أيهما مسؤولًا عن فتح فخذيه لضمان الاستمرار.. قام حسن وتركها هامدة مجهَدة، تأملت ظهره الأسمر وعظامه البارزة ونقاط العرق المبعثرة تحت إبطيه وعلى كتفيه، وأدركت أن الجنس هو

١٦٠

الشيء الحميم والمحموم بينهما، تعارفا فيه فقط، فيما عدا ذلك فهي تبذل جهدًا كي تجد شيئًا عميقًا تحت جلد هذا الرجل.. وأحست دعارة مشاعرها فاضحة ومفضوحة أمامها، أمِن الممكن لهذا التوتر والتخبُّط والإحباط أن يدفعها إلى النوم بهذا الانتظام الشبق، وبتلك الحاجة المِلِحة، مع رجل لم تكن تنوي أن تطرح على نفسها يومًا سؤالًا من نوع: «هل تحبينه؟»؟

دسَّت ذراعها تحت الوسادة ثم نامت برأسها على كتفها، الغريب أنها كانت تريده الآن أن يعود، أن يغرسه فيها حتى تكتم هذا الصراخ في جوفها، لكي يقضي ـ ولو لدقائق ـ على توترها وغضبها المكتوم، كان محمود حلمي قد نجح في إرباك كل أفكارها.

وكانت جرائمه الغامضة. الغامضون الذين يقفون خلفه قد احتلوا مركزًا من مراكز مخها، مما جعل دوخة تنتابها الآن مثلما الصداع النصفي، لا فكاك منها، وكلما مر يوم كان التوتر يزدحم ويتراكم في صدرها، والغموض يدوخها ويدير عقلها أكثر، كانت صورة هناء الراوي عارية بسُمرتها وقامتها الطويلة وأصابعها النحيفة وأحمر شفاهها الثقيل المرسوم أمامها أينما ولت، كما ظهرت لها في منامها وهي تمسك عضوًا صناعيًا وتدعوها للممارسة مبتسمة في وقار، ما صدَّقت أن حسن السيسي عاد حتى التجأت إليه فورًا، نامت في حضنه وهي تعزل كل ملابسه عنه، وتأوَّهت وتأوَّدت، وفعل هو ما فهمه تمامًا؛ أن يلبي نداء

ويتركها تستخدمه لإطفاء نار ما في صدرها، أو وقف هدير طاحونة أفكارها.. وقام وهي تنظر إلى ظهره الأسمر بعظامه البارزة، تفرد ساقيها وتحتاج إليه أكثر، لكن الرجل كبر، ولم تعد طاقته الجنسية تسع امرأة شبقة حتى المرض أحيانًا، باردة وجامدة أحيانًا أخرى، «ألستِ كذلك يا مي؟»، همست لنفسها وهي تلتفت فتجده جالسًا على حافة السرير يتأملها مُبتسمًا، ويمرر أصابعه في مناطقها غير المحرمة. اقترب منها وهو يستعيدها إليه مداعبًا أذنها ثم عنقها ثم صدرها.. حلمة بين شفتيه تركها تسقط، ونظر إلى مي سائلًا آخر سؤال متوقَّع في هذه اللحظة:

ـ ما أخبار الولد السفَّاح الذي تقابلينه؟

ـ نعم!

همست مدهوشة وقد ألقى عليها جبل ثلج فانطفأت شهوتها وخابت وغابت، وبسرعة لمت صدرها تحت طرف قميص النوم، ودست ثدييها وهي مندهشة:

ـ خير فيه حاجة؟

ـ أبدًا، أسأل لأطمئن. لا تنسي أنني الذي توسَّطت كي تقابليه. اعتدلت في جلستها بينما هو يمرر أصابعه على حرير قميص نومها عند بطنها.. قالت:

ـ ماذا وراءك يا حسن؟

ـ ورائي؟ مرة واحدة؟ أنا رجعت من لندن منذ يومين، ماذا تتوقعين؟ هل سأُعلم وزير الخارجية البريطاني عن محمود

حلمي؟ أم أن بندًا في الصفقة التي عقدتها هناك يشترط أن أسائلكِ بمجرد عودتي ما أخبار محمود حلمي؟

نزلَت من السرير مندفعة، تضرب الأرض بقدميها الحافيتين:

ـ أنا أعرفك يا حسن عندما تخبِّئ شيئًا.

ضحك حسن بتلقائية شريرة:

ـ أنتِ لا تعرفينني يا مي.. لم تلحقي لتعرفي متى أصدُق ومتى أكذب.. حتى تتيقني إلى هذا الحد!

أخذها الكلام، جرحها في منطقة غامضة من قلبها، كان في هذا الكلام شيء يجرح ويدمي، ويتهم.

التفتت إليه وهي تستغرب ذلك تمامًا في كل مرة، يبدو أن الجنس بينهما لا يمنع إطلاقًا من عدم التفاهم ومن التوتر ومن الغضب بعدها بدقائق أقل من أن تُذكر، اقتربت منه وتأملت عينيه ممعنة فاحصة ثم عادت بظهرها، ثم أعطته ظهرها، ومشت ناحية الحمَّام.. حسن السيسي بملامحه الواثقة المطمئنة كان يرتدي نظارة ويقرأ في ورقة عندما دخلت عليه مي ببرنس الحمَّام مبتلة الشعر والأطراف، خطفت نظرة إليه، ثم جلست على السرير، ثم عادت واستندت نائمة على ظهرها إلى مسند السرير وأخرجت سيجارة أشعلتها وتابعت في هدوء دوائر الدخان وهي تصعد تلاحقها عينا مي.

حسن وقد أراد شيئًا لا محالة:

ـ موعدك القادم مع محمود حلمي بعد غد؟

دُهشتْ وتفرست فيه وتنمَّرت عليه:

ـ مَن قال لك؟

ـ الضابط الذي قال إنه لن يحدث!

نزلت من السرير ودخلت فيه بجسدها ودخانها وعبقها:

ـ نعم!

حسن في هدوء:

ـ الله ينعم عليكِ، أنا أحببت أن أقول لك الخبر في هدوء وعلى مراحل وفي لحظة جميلة بيننا، لكن واضح أنك متوترة إلى الحد الذي لم يجعلني أفلح في تهديدك.

محتدة قالت:

ـ تقصد إيه؟

ينفخ زهقًا ويرق قولًا مبتسمًا:

ـ يعني لم يكن له لازمة تَعبي اليوم من أجل إشباعك!

ـ حسن، أنت تجرح اليوم كثيرًا ولن أتحمَّل!

قام وهو يحتويها بين ذراعيه مستدفئًا بها، أبويًّا كان، وعاشقًا تشعر أنه لم يكن غير ذلك مطلقًا:

ـ أنا آسف يا حبيبتي، لكن ربما أنا الذي توترت من توترك، على العموم، محمود حلمي سينفَّذ فيه حكم الإعدام بعد يومين، لهذا أُلغي موعدكِ معه، الضابط الذي توسَّط من أجل إجراء لقاء بمحمود حلمي هو الذي أخبرني أن الموعد أُلغي.

ثم ضغط عليها أكثر، واحتواها بين ذراعيه بقوة وهو يشعر بدهشتها والمفاجأة تقتنص منها شيئًا من الثقة، وكثيرًا من الدعة:

ـ اعتبريها تجربة صحفية أخرى لم يصبها النجاح، ليس مهمًّا أن تفشلي مرة، بل يمكن من المهم أن نفشل أحيانًا.

دفعته في صدره بعنف ودموية وقد بان وجهها محمومًا وملتاعًا على نحو ما، مزدحمة بأحاسيس ومشاعر متكالبة مبهمة:

ـ فيه إيه يا حسن؟ يعني إيه فشلت والفشل مهم؟! لقد أنجزت مع محمود، لديَّ حلقات كثيرة وحكايات مذهلة.

جلس حسن على المقعد ونظر إليها من أسفل:

ـ أنتِ حرة يا حبيبتي.. يمكن تصبح مثيرة أكثر.. لكن يا ريت أقرأها قبل الجمهور العادي.. أحب أن أكون مميزًا عندك، وممكن أيضًا أن أنشرها أنا على حسابي كتابًا.

خلعت البُرنس فظهرت عارية تمامًا، خلعته غضبًا وضيقًا وتوهانًا، جلست على حافة السرير، وانطلقت في بكاء غريب ممزوج بالمرارة، وضعت كفيها على وجهها، وألقت بظهرها على السرير.. تأملها حسن في ضعفها وعُريها، قام فرفع ساقيها عن الأرض إلى السرير، ربَت عليها، ثم بدأ يدلك جسدها ويُقبِّله قُبلات خفيفة سريعة خاطفة حتى وصل إلى أذنيها وهمس في حروف متقطعة:

ـ داهية لا تكوني أُحببتِ هذا السفَّاح!

صمتت ثم رفعت كفيها فبانت ملامح وجهها التي انتفخت

واحمرَّت، ثم انفرجت شفتاها عن بسمة، ثم صفعت بكفها صفعًا خفيفًا خد حسن:

ـ اخرس.

في طاعة آسرة:

ـ نخرس، وماله؟ لكن أحاول أن أفهم فقط.

ـ ماذا تريد أن تفهم؟

ـ لماذا يريد هذا اللواء أن يلتقيكِ غدًا؟

قامت مفزوعة:

ـ ماذا تقول؟

ـ أقول إن مساعد وزير الداخلية يريد لقاءكِ الساعة التاسعة صباح غد.

كان فظًّا غليظًا، استند إلى مقعده الجلدي المرتفع المتحرك، واهتز بجسده الرطب ووجهه اللدن، وقال وهو يدوس أسنانه ويدس سمًّا في كلامه الغض:

ـ أكره المُدخِّنات، كل مَن رأيتهن يُدخنَّ خادمات البيوت وراقصات الملاهي ونسوة الشوارع!

كانت مي تدخن، فارتجفت لوهلة، ثم أطلقت عنان دخان سيجارتها وهي تتأهب لتحطيم فكه:

ـ واضح يا سيادة اللواء أنك لم تعرف سوى الساقطات!

انتفض مغسولًا بماء ممتلئ برغاوي الصابون وبقايا مساحيق الغسيل، هكذا أحس فمسح ماء وهميًّا على صدره وتراجع:

ـ لم أقصد أي إهانة يا أستاذة مي، أنا فقط أشرح لماذا أمنع التدخين في مكتبي.

أطفأت سيجارتها بعصبية، دفنتها في المنفضة:

ـ أنت لم تقل لي ممنوع التدخين هنا، ثم تكلَّمتَ عن

المُدخِّنات لا عن المُدخِّنين، ثم أنا لم آتِ إلى هنا كي أتشرَّف بمعرفة مشاكلك النفسية مع المرأة المُدخِّنة!

أدرك فورًا أنها عكرة المزاج، فارتدى قناع لواء الشرطة، وخاطبها بشكل جافٍّ ممصوص من الود:

ـ فعلًا، لقد حضرتِ هنا بناء على طلبي، وأرجو أن تتفهمي أن ما أقوله لكِ لا تراجع فيه.

كان المكتب مُتسعًا حتى ليسع عشرين مكتبًا، لكن التفاخر الهش وأشخاص القش مثل هذا اللواء تصنع من مكاتبها سلاحًا للنفوذ والترهيب، كان ذوق الأثاث واختيار قِطع الزينة وكل ذلك يدل على شخصه.. كانت مي تغلي بهذه الأفكار المتقاطعة حتى قاطعها كلامه:

ـ محمود حلمي.

ـ إشمعني؟

قالتها بعفوية زادت من توتر محموم يجري بينهما.. ابتلع الكلمة ومضى مضاء العداء يتكلم:

ـ انتهى التصريح بلقاء محمود حلمي، وانتهت مقابلتكِ له.

في هدوء حارق قالت:

ـ عرفت.

وبحسم شرس أكمل:

ـ وغير مسموح بنشر أي حرف مما قاله لكِ، لا في الصحف، ولا في الكتب.

مسَّ طرف غضبها، فاحتدمت:

ـ ومَنْ الذي يمنعني؟ الأشرطة معي وسأنشرها في أي مكان لو أردت.

ـ أولًا لن يسمح لكِ أي مكان بنشرها، مجلتك أو غيرها، هناك تعليمات للجميع بعدم النشر، ولو حكمت يصدر قرار من النائب العام بحظر النشر، ولو جدعة انشري هذا الكلام في أي كتاب!

مي ارتبكت وحوصرت.. صوتها مخنوق، قاومت قبضة اليد الخشنة على عنقها وباحت بتحديها:

ـ سأنشره في مجلة حائط.

قام من مقعده، ومشى بخطوات ثقيلة حول مكتبه، ثم وقف عند باب حمَّام خاص، فتحه ودخل.. أغلق الباب وتركها بلا كلام، فكرت أن تقوم فقامت، فكرت أن تخرج فترددت، فخرج هو من الحمَّام وقال وهو يقف على عتبته:

ـ لا مؤاخذة.. أصل عندي السُّكر. اتفضلتي قُمتي ليه؟

جلستُ مرة أخرى وهي تغلي، وشعرت أنها ستقوم بجناية هنا في وزارة الداخلية، وأن خطرًا داهمًا هائلًا في الأفق يتأهب لالتهامها.

ـ ما الذي يدور بالضبط يا سيادة اللواء؟ ما الذي أزعجكم في كَلام محمود حلمي؟ ثم أنتم الذين وافقتم في البداية على لقائي به، وأخذتم شهرًا أو يزيد في الرفض أو القبول، وقبلتم، ما الذي حدث الآن بعد كل هذه اللقاءات؟!

اتشح بوشاح الأُبوة والطِّيبة وقال لها:
ـ يا ابنتي، هناك أشياء أكبر من أن يدخلها أحد من خارج دائرة الكبار، ثم لم أكن أنا الذي وافقت على لقائك بمحمود حلمي ولا حتى من هو أدنى مني رتبة، بل ضباط صغار لم يكن أحد منهم يعرف مغبة ما فعل، وبالمناسبة كلهم عُوقبوا بقسوة على هذه الموافقة، وهي لم تأتِ إلا لمكانة حسن بك السيسي وتدخله بالوساطة لكِ، واضح أنه يعزك جدًّا.

قال الجملة الأخيرة في ابتزاز لا خفاء فيه فبلعتها مي وهي تتحسس موضع ضعف محفورًا في حياتها، اعتملت أفكار وآراء وهواجس وتساؤلات في ذهنها فالتمعت الكلمات في فيها:
ـ أنت تعرف ما قاله محمود حلمي لي، وتعرف أنه يكشف عن أن جرائمه كانت بتدبير آخرين، كبار ومُهمين لعلَّ سيادتك واحد منهم.
ضحك حتى امتلأ جوفه ضحكًا واحمر خدَّاه، وظهرت عروقه حقيقية ومنتفخة.. هدأ وهو يمسح بمنديل ورقي رذاذ فمه:
ـ يخرب عقلك ضحكتيني.. لا صبر لنا على الألغاز التي ستنشرينها.. ولا صبر لأحد.. لقد حدث خطأ والتقيتِ يا أستاذة مي مع سفَّاح قاتل ومجرم خطير، الآن ومن سُكات وبمنتهى الرقة نوقف لقاءك به ونُخبركِ بأنه ممنوع نشر ولا كلمة مطلقًا.. وخلاص، الحكاية كلها موضوع صحفي

وباظ، هل تحبين أن أُحدد لك سفَّاحًا آخر تلتقينه ما دمتِ وقعتِ في غرام السفَّاحين؟

انتفضت واندلعت نارًا:

ـ يا سيادة اللواء أنا سكت على كلامك كثيرًا، لكن لم أعد أحتمله.. أنا لست متهمة عندك في القسم كي تعاملني هكذا، وأنا لن أسمح لك!

أشار إليها بيده مقاطعًا في هدوء بارد وطيب (معًا):

ـ اهدئي.. اهدئي.. لا داعي لهذا الكلام الكبير، نحن معًا في مكتب مغلق، ماذا تريدين؟ أن تصرخي وتلعني في الداخلية وفي الأمن وفي الحكومة؟ براحتك يا ابنتي، سبي والعني واشتميني إذا أردتِ، واضح أنكِ غضبانة، لا داعي لهذه العصبية.. أنا أتكلم معكِ بشكل طبيعي بغير تكلُّف، كان يمكن أن أبعث إليكِ ضابطًا آخر يقول لكِ الكلمتين ونخلص، لكن أحببت أن أراكِ لأنني مُعجب بكِ وبشجاعتك، وقلت أنا راجل كبير وشايب، ولا مانع من أن أتعرف إلى شابة كالقمر مثلك أعرف منها كيف يفكر الجيل الجديد.

كان غزلًا أبله وكلامًا عبيطًا.. فهدأت وهي تقول له:

ـ شباب إيه يا سيادة اللواء؟ أنا سنتين وأصبح في الأربعين من عمري!

ـ يا سلام! وهيَّ الستات تحلى إلا في الأربعين؟

ضحكت، رغمًا عنها، فابتسم هو وقال:

ـ أيوه كده يا شيخة، اضحكي، حد واخد منها حاجة؟

ـ أنا يا سيادة اللواء.. أنا أخدت منها حاجة.. أخدت خبرة أن الدنيا معقدة ومتشابكة جدًّا، وأنه لا توجد حقيقة على السطح، كل الأمور لها جذورها، كل المسارح لها كواليسها، كل البشر لهم خفاياهم.. نحن لا نرى الجذر يا سيادة اللواء.. نرى فروع الشجر فقط، ومحمود حلمي حفر حول شجرة وقدم لي الجذور.

ـ صح يا ابنتي.. كل ما تقولينه صحيح، إذن تعلمي من خبرتكِ هذه واعلمي أن جذرًا عندنا لن يسمح للناس بأن يشاهدوه ويعرفوه.. اكتفي فقط بأنكِ عرفتِ.. واهضمي طعامكِ في معدتكِ حتى لا تتقيئي به في أي لحظة.

ـ نعم يا سيادة اللواء.. لم تعد هناك حقيقة، وإذا وُجدت فغير مسموح بأن يعرفها أحد.

قامت وهي تلم أشياءها: علبة السجائر، الولاعة، قلمًا، ميدالية المفاتيح، حقيبتها، فردتَي الحلق الذهبي ـ خلعتهما أول ما جلست.. وقامت تمشي منصرفة دون أن تصافحه، دون حتى أن تُلقي عليه السلام، مهدودة ومهزومة، تجر قدميها في حذائها الصغير الرقيق الأسود اللامع بلا كعب وبرباط، تفكه كلما شعرت بالضيق في صدرها، فجرَّته تحت نعليها الآن.

ناداها قبل الخروج من الباب:

ـ أنتِ في مكتب مساعد وزير الداخلية.. لا تخرجين برغبتك بل بإذني.

التفتت إليه وهي مُستخفة بخشونة حوار قادم.. كان قد قام من مكتبه واتجه ناحيتها وابتسم لما اقترب منها وقال:

ـ نحن لم نكمل كلامنا.

ـ ماذا أيضًا؟

بزهق وبروح ضاقت وصدر انطبق، قالت الكلمتين، نطقتهما فعبرتا دهرًا من حنجرتها إلى شفتيها، فأجابها في رسمية واجبة:

ـ نريد الأشرطة.

دُهشت وألجمت تمامًا.. وقفت لحظة عبثية مثبتة بلا معنى، وهو لا ينطق كأنه ينتظر وصول انتظام سريان دمها الناشف في جسدها من هول ما طلب منها، صمت وتبادلا صمتًا كابيًا وكئيبًا.

ـ ماذا تقول يا سيادة اللواء؟!

هي طبعًا التي قالت، وهو طبعًا أجاب.. لقد كان ينتظرها:

ـ لم تعد الأشرطة لها فائدة عندكِ.. ونحن نريدها.

داخت ولم تعرف بمَ تجيب، فعادت للصمت، فقال لها كأنه يأخذها من يدها ويعبر بها شارعًا مزدحمًا بالسيارات المسرعة:

ـ أقول لكِ على حل حتى نستكمل كل الشكليات: أنتِ لن تنشري هذه الأشرطة، ولن يسمعها أحد من أصدقائكِ حتى حسن بك السيسي يا أستاذة مي، ومن ثَمَّ فإنني لست في حاجة إليها، لكن حتى لا تشعري بالظلم وبالقهر،

ممكن تعملي منها نسخة وتحتفظي بهذه النسخة، طبعًا لن تقولي لنا إنكِ فعلتِ ذلك، ثم تعطينا النسخة الأصلية ونحن سنصدقك ونقول إنها النسخة الوحيدة الموجودة من الأشرطة. أظن هذا حلًّا تشكرينني عليه.. سأترك لكِ فرصة للغد كي تطبعي نسخة.. ثم سأرسل لكِ ضابطًا إلى المجلة لتسلم الأشرطة.

استدارت.. وخرجت.

٢٤

قبضة الحزن تمكّنت منها أخيرًا، جرت، وشقيت، وتعبت، وقاومت، حتى تفلت من أصابع الحزن التي خزقت عينيها كثيرًا وثقبت قلبها أكثر، أفلتت زمنًا، منذ قررت أن تكون وحيدة وحرة بلا زوج ولا قيود ولا روابط ولا ضغوط ولا محددات وضوابط، يوم شعرت أن شق البحر قد جرى بينها وبين خالد، ويوم عبرت في مركبها وحدها، خشبها وشراعها وبوصلتها ومجدافها، كل هذا ملكها واختراعها، مركبها هي، كانت تشعر أنها أخيرًا تملكت زمام حياتها وتمالكت وجدانها، الموج هادئ وإن هاج، البر واضح وإن بعد، اليوم وهي تخرج من مكتب هذا اللواء أدركت أن خشب مركبها نخر، وأن نهرها بحر، وأن الشتاء قد جاء فعلًا. كانت الساعة الخامسة مساء، ومع ذلك فقد كان مساء فعلًا، عتمة الشتاء المبكرة، وأضواء النهار مقتولة، ورذاذ من المطر المتساقط طبولًا تنذر باشتعال

١٧٥

حرب. مشت وحدها وكانت وحيدة حقًّا، كآبة كالناموس في ليل ريف تتغذى بدمها، خطفًا وعنفًا وفي كل ما هو مكشوف من فؤادها، كانت تهذي حزنًا، أفكار مهزومة وكلمات مشتتة وأوتار مقطوعة، ونمارق روحها المصفوفة تحطمت ونثرت الفوضى سلطانها، نسيت أن سيارتها تركن بجوار ميدان لاظوغلي، ومشت.. شارع الشيخ ريحان بفراغه العميق وسكوته المدبر، تسرب الطلبة من بوابات الجامعة الأمريكية، زوايا هنا وهناك، وسيارات تمرق تعبر البصر وتخطف معها الصبر، كأنها تدخل جوف حوت، كانت تمشي، نقمتها على وطنها هي نفسها نقمتها على نفسها، حسرة وانكسار مخلوطان ببقع دم وفتافيت قلب مأكول على موائد، وحيدة أنتِ يا مي تقطر الأعين قطر دمع، وتبقر القلب وحشة متوحشة، كانت تريد أحدًا لكنها لم تكن تريد حسن، لن تذهب إلى حسن السيسي، مشت حتى تشتت بصرها وزاغ حذاء قدميها فكادت تهوي، فركبت تاكسيًا وذهبت إلى خالد!

شقتها القديمة التي رسم شارعها وحوانيتها وانعطافات الشوارع وشكل العمارات ووجوه المكان، رسم كل ذلك شجنًا مذهلًا ومدويًا في قلبها، كم سنة مرت؟ لعلها عشرون شهرًا فقط، أدركت أنها فرت هاربة من خالد ومن المكان، ثم أدركت الآن أن الذكرى والأُلفة والعِشرة والتعود أقوى من أي غضب، لم يصبها غثيان العودة إلى موطن مكروه، بل كانت

كأنها تعود إلى منزل العائلة الذي تربَّت فيه وكبرت. دخلت إلى المصعد.

نفس وجوه البوابين والجيران، كأن أمرًا ما مسها، آه، ما زال هناك مَن إذا ماتت سيترحم عليها، أو لو اشتد به الشوق سار في جنازتها، لا يزال في الحياة وجه تعرفه وتبادله ابتسامًا وتحية لا رياء خلفها.. نظرت إلى نفسها في مرآة المصعد، كل يوم كانت هذه المرآة مؤامرتها؛ تعدل من مكياجها إذا كانت قد غضبت ودمعت في خناقة مع خالد، تهندم هدومها كما لو كانت قد ضجت بخالد فعبثت في أناقتها، تداري حزنها، أو تخبِّئ سرها، أو ترسم قناع الهَم على وجهها إذا كانت قد عادت سعيدة من نزهة أو سهرة مع أصدقائها، تطمئن في المرآة على ملامحها وشكلها إذا كان يبدو منها أنها مخمورة من كثرة جرعة الخمر الذي حبسته في جوفها طيلة ليل في حفل صديق أو صديقة.

هل أخطأت في حق خالد الذي كانت على يقين من أنه يحبها؟ لعله يعبدها عشقًا، لكنها قد مجَّته وعافته نفسها، لم يزل دفء خاص يعتريها تجاهه، لكنها لم تعد تجد أكثر من الدفء، يوم زارها في أثناء مرضها كانت مغرورة حتى النزق، كانت تريد أن تعرف ألا يزال يرغبها ويريدها وتهتاج غريزته عليها، وفهمت ذلك من اللمعة والرعشة والانتصاب الذَي يبذل جهدًا في إخفائه، قبل وبعد ذلك لا أكثر من الغرور الموتور.

هل سيفهم من زيارتها الآن أن شيئًا زال وأن حبًّا لا يزال؟ ستكون واضحة معه، لقد جاءت إلى صداقته لا إلى أي شيء آخر.. لكن ها هي ذي تشعر الآن أن خالد أقرب لها من حسن، أن شيئًا مطمورًا ووجودًا غامضًا تحت سطح علاقتها بحسن السيسي؛ المليارير صاحب المليارات، وفروع الشركات عابرة القارات، والتوكيلات التي بلا أول وبلا آخر، والمصانع في المدن الجديدة، والعمارات في الساحل الشمالي، صاحب النفوذ الشرس مع الداخلية وأجهزة الدولة كلها، ابن العائلة الثرية عريقة النسب التي صاهرت الثروة والثورة والردة وتاجرت مع واشنطن وموسكو في نفس واحد، حسن السيسي كان ينظر إلى الحياة دائمًا من فوق، أما هي.. فهي تحت.

ضربت الجرس.

وقت مر ولم يرد أحد.. تعرف من ملامح الباب، من ضوء خفيف وصوت خفيض أن خالد هنا، انتظرت لعله في الحمَّام الآن، أو يأخذ غفوة نوم أمام الفيديو، مرت لحظة وأخرى ثم أظلمت عدسة العين السحرية فعرفت أنه ينظر من خلفها إليها، فانتزعت ابتسامة له.

انفتح الباب بسرعة.. وظهر خالد مرتديًا قميصًا خفيفًا لا يناسب خوفه من البرد، قميصًا على اللحم، وبنطلونًا لم يُحكم إغلاق السوستة فيه، من أنفاسه عرفت أن هناك شيئًا، رحب بها مهللًا تائهًا.

حضنها حضنًا سريعًا أُخويًّا، دخلت وتردُّد ما في خطوها.. ما العلاقة؟ لا تعرف تحديدًا.. لكنها فكرت الآن أنها قد نسيت سيارتها في لاظوغلي وأنها ركبت التاكسي.

غرست السؤال في صدره:

ـ مالك يا خالد؟

مُستغربًا حضورها أو سؤالها.. قال خالد:

ـ أبدًا.

كان في الشقة نفس غريب، أيقظت حسها الأنثوي، ولكنها استبعدت صدقه، اتساع الشقة، الأنتريه، غرفة السفرة، ركن الصالة، زرع الردهة، باب غرفة النوم المغلق، غرفة المكتب كذلك مغلقة، خالد أمامها وقد أحكم رباط بنطلونه وجأشه:

ـ هل تشربين شيئًا؟

ـ اقعد يا خالد.. أريد أن أتحدث معك.

ـ خيرًا.

ـ لا خير في هذه المدينة.. الدنيا انقلبت على دماغي، منعوا لقائي بمحمود حلمي ثانية، سحبوا موافقتهم على الذهاب إليه في السجن وتسجيل حوارات معه، ومنعوا نشر أي كلمة قالها، بل طلبوا مني الأشرطة والتسجيلات كلها.

إحساس بالدهشة ارتقى ملامح خالد حتى صعد إلى عينيه:

ـ ما هذا كله؟!

بتنهيدة حارة نفخ لهيبًا. قالت مي:

ـ ربما أفشى أحد سر ما قاله محمود حلمي.

ـ مَن؟

ـ ربما حارس السجن الذي كان يمكث معنا طوال الوقت..
ربما.

ثم أصابها الخرس، ملامحها تجمَّدت وألجمت تمامًا
وتلعثمت وهي تكمل:

ـ ربما حسين.

ـ حسين! صديقك في المجلة؟ وما الذي عرفه ما جرى
وما قيل؟

ـ لقد أعطيته الأشرطة.

انتفض خالد غاضبًا:

ـ لا داعي للشك في البشر، خصوصًا أقرب الناس إليكِ،
حسين صديقك ويحبك يا مي.

فزعت وهي ترفع لثامًا عن استغرابها:

ـ نعم! يحبني؟!

جلس على مقعده وهو مرتبك، لكن ضغطًا ما يدفع ظهره
للاعتراف:

ـ رأيته أكثر من مرة معكِ في المجلة، وفي دعوات على العشاء
هنا، ولم أبذل أي جهد في معرفة أنه يحبك.

هامسة:

ـ ولماذا لم تتكلم؟

ابتسم وهو يرفع رأسه لها:

ـ ومتى تكلمتِ؟

هزَّت رأسها مؤمنة بما يقول وأضافت:

ـ مستحيل! حسين نقي وطاهر، ثم لقد وضعت لديه الأشرطة لأنني أحس أنهم عرفوا بما فيها.

ـ مؤكَّد أنهم أخطأوا بالموافقة، أو ربما لم يكونوا يتصورون أن محمود حلمي سوف يتكلم ويعترف ويقلب الدنيا.

مرة أخرى يعود الاستغراب والاندهاش إلى ملامحها، حاجبها الذي ارتفع، عيناها اللتان انفتحتا كفتق جرح، رعشة واهنة دقيقة في خدها، رجفة في شفتها السفلى التي تحركت فتكلمت:

ـ وما الذي أدراك أن الأشرطة بها شيء خطر يقلب الدنيا؟

أمعن فيها هادئًا:

ـ آه.. لقد نثرتِ شككِ كله في سكَكِكِ كلها يا مي.. احذري!

فجأة دوت قنبلة في حياتهما، خرجت مديحة من غرفة النوم، ترتدي ثوبًا بسيطا أنيقًا، وتسريحة امرأة في بيت، لا هي قادمة من الخارج، ولا هي خارجة، عودها الصبي، وشفتاها الغليظتان، وملامحها التي تحمل تهتكًا لا شك فيه، خرجت كمن يمشي في ردهات بيته منزعجًا من ضيف ثقيل.. اكتسحت مي مشاعر غزو تترى، يثير الفوضى في الكون كله، الهكسوس بعجلاتهم العسكرية دخلوا قلبها فاحتلوه وقلبوا عاليه واطيه، حاولت أن تضبط أنفاسها مِن اندلاع النار.

فيما بعد ستسأل نفسها أكانت غيرة أم حقدًا أم حسدًا أم طعنًا في غرورها أم جنونًا، أم مجرد اندهاش من انهيار توقعاتها حول خالد.. وفيما بعد لن تحصل على إجابة شافية تمامًا، لكن أخيرًا تدخَّل خالد، ووضع طوبة أمام ماء الدهشة المنساب هدرًا.

أمسكت مديحة بيده فناولها يسراه، فجلست فورًا على فخذه وهي تبتسم لمي وتخاطبها بنعومة مبذول فيها جهد كي تنعم أكثر:

ـ مدام مي.. أهلًا بكِ.

أومأت مي وهي تبلع شوكًا في سمك نيء:

ـ أهلًا وسهلًا.

خالد قال:

ـ مديحة.. ارتبطنا مؤخرًا.

وبعد صمت بدا أنه تفاعل معادلة كيميائية نادرة الحدوث في أنبوب قلبه قال:

ـ وتزوجنا.

هزت رأسها بزمبلك، هذه هي مي التي استغرقها الحدث وثرثرة خالد بعدها:

ـ لا تيأسي من حكاية منع لقائك بمحمود، ثم ما عندكِ قد يكفي، وغدًا سوف تتغير أشياء كثيرة، مؤكد.. وزير يتغير، الدنيا تتبدل، كله جائز وممكن.

أمسكت بمفاتيحها وحقيبتها وقررت القيام، فانطلق صوت خالد ملهوفًا:

ـ أوصلك؟

مي في ابتسامة مزيفة:

ـ معي السيارة.

ـ أوصلك حتى باب العمارة.

سلمت على مديحة بصورة رسمية، ومديحة تَروضُها ببحث أنثوي في أغوار امرأة، خرجت وخلفها خالد، وصلا إلى المصعد صامتَيْن، ركباه صامتَيْن، ثم نطقت هي فجأة:

ـ فعلًا، أنا نسيت العربية في لاظوغلي.

هزَّ خالد رأسه شاكرًا قدره:

ـ إذن سأوصلك إليها بسيارتي.. مي، مالك؟

قالها في صدره منذ لحظات يخشى معها غضبها العارم.

مي نطقت:

ـ أبدًا.. هل هي مفاجأة زواجك مثلًا، أم ربما (وهي تضحك) هي الغيرة؟

كانا في السيارة وهو يقودها حين بدأت دموع غريبة تخبط خديه وهو يمسك بعجلة القيادة وقد اصفر وجهه وتعبت أصابعه ويقول:

ـ في سهرة عند الدكتور سالم.. سهرة رأس السنة يمكن من خمس سنين، كنا متخانقين معًا، ورحنا الحفلة، ليلتها شربتِ يا مي كثيرًا، كنت ألاحقك وأنت تشربين فأتمزَّق، لا أعرف أن أوقفكِ، ولا أدرك ماذا يوقفك، بدأتِ

تدوخين وتترنحين، وعندما اقتربت منكِ كنتِ كمن لسعته عقرب، ابتعدتِ، دخلتِ في حكايات مع آخرين وضحك وكلام فارغ، وعيناي تتابعان مسارك، كنتِ ترقصين مع زياد الميرغني، رأيتُه! يضع قُبلة على خدك، على عنقك، مخمورة أنتِ أم مستسلمة، لا أعرف، فجأة أمسك كلاكما بيد الآخر وخرجتما إلى بلكونة تطل على جنينة البيت، تسحَّبت حتى الباب الآخر من ناحية غرفة مجاورة، وفتحت ودخلت، تلصصت عليكما، وجدتكِ بين ذراعيه يُقبِّلكِ وأنتِ مستسلمة، ثم فجأة كحصان هائج كنتِ يا مي تُقبِّلينه وتلتصقين به وهو يدس يده تحت فستانك.. ساعتها لم أتحرك.. لو كنت اندفعت فصفعتكِ وضربتكِ وضربت زياد وتشاجرت معه كانت ستصبح فضيحة وكارثة، ولكانت على كل لسان.. لو كنت وصلت إليكما وبهدوء أعلمتكما وجودي واتفق ثلاثتنا على عدم الفضيحة كنت سأُتهَم منكِ بأنني لستُ رجلًا، ومنه بأنني قوَّاد رسمي.. لو كنت قد قررت أن أطلقكِ يومها أو بعدها بيومين أو ثلاثة، كنت سأفتقدك، وأنا أحبك حبًّا مريضًا.. ليلتها يا مي شعرت أن رمالًا متحركة تقودني، عندما عدت إلى الصالة، وبعدها بمدة عاد هو بنفسه وحده، ثم أنتِ بعد فترة كنتِ تصلحين من هندامك وتنطلقين إلى الحمَّام، ساعتها وجدت نفسي في أرض زلقة على رمل متحرك، أغطس في مشاعر غريبة

غامضة، كنت أحس فعلًا أنني قوَّاد، تيس، ثم صرت ـ ويا للعجب ـ مستريحًا لهذا الإحساس، لم أشعر بعار ولا شنار، ولا هزيمة ولا انكسار، فرحت أنني وصلت إلى هذا، كنت مُتسقًا مع نفسي، مرتاحًا لما جرى فكشف روحي، نعم، امتلكت من يومها نفسي القوَّادة، لم أشعر قَطُّ أن أحدًا يطولكِ، أو أن رجلًا يغريكِ، أو ينام معكِ فيجرح من كبريائي ويحطم وجودي ويطعن ظهري ويعتدي على حقوقي.. بعدها كنت أتغير ببطء ولكن بانتظام، وساعدت نفسي بقوة، خصوصًا بعدما فشل علاجي النفسي، لأنني رفضت أن أتصور أن هذا مرض، وكان الأمر رويدًا رويدًا يتحول إلى انتقام من نفسي ومنكِ كأنني أكره روحي فأجعلها روح قوَّاد، وأكره عذاب حبي لكِ، فأصنعكِ عاهرة لا يضيرها الأمر بُرُمته، كنتِ تندهشين مما أفعل، قضايا العاهرات والآداب، وكنت أنا سعيدًا بأنني وجدت انتحاري ووجدت قتلك، وانفصلنا يا مي وأنتِ لا تعرفين أنني تزوَّجت مديحة.

كانا الآن وحدهما على حافة المقطم جالسَيْن على صخرة، لم يقد خالد سيارته إلى لاظوغلي، بل إلى أعلى مكان في جبل المقطم، حيث أطلت الأعين على أنوار القاهرة المزدحمة الصاخبة، وخضرة لون المآذن والقباب مع حمرة لون إعلانات المياه الغازية ومساحيق الغسيل! وتلك المقابر البعيدة، والقلعة

التليدة، ومكان هو نفسه الذي جلسا فيه منذ سنوات طويلة يوم تصارحا بالحب، وتعانقا حتى كادت الدنيا تصبح تحت أقدامهما. بعد هذه السنوات.. والآن في تلك اللحظة كانت مي تسأله:

ـ هل كانت مديحة عاهرة؟

أومأ برأسه موافقًا:

ـ نعم، كانت، وكنت أدافع عنها في قضية آداب، وأثبتُّ أن المكالمات التلفونية المسجلة بينها وبين زعيمة شبكة الآداب غير قانونية، وطلعت براءة.

وحين أوصلها خالد إلى ميدان لاظوغلي، وحين هبطت من السيارة لتتجه ناحية سيارتها، وهي تضع ساقًا خارجها وأخرى داخلها، همس لها خالد همس جنون عابث، وقرع حبات المطر على سطح السيارة، ورُقع بِرَك الماء تتسع رتقًا في ليل الشتاء:

ـ مي.. مديحة كانت تعرف محمود حلمي كما لو كانت تزوره فترة طويلة في السجن، مديحة كانت البنت التي جرَّته إلى الذين طلبوا منه قتل زاهر عيد وصلاح الدين يحيى وغيرهما، من المؤكد أنه حكى لكِ عنها!

البيت هادئ، شديد الوحشة، صامت صمت القبور، مقبض بأضوائه الناحلة، وبارد كما برد ثلاجات حفظ الجثث.. كانت ضامرة المشاعر، حزينة كمن خرجت من عملية إجهاض لم تكن تريدها، كما لو كانت، هوت مي هذه الأيام، نحلت وضمرت وكبرت.. تجعدت المشاعر وخطوط الوجه، امتصتها الضربات المتلاحقة كخبطات جزار على مكسرة في مجزرة على قلبها، فتت حصوات أيامها التي جمعتها لتمشي فوقها، انهدت جسور بعدما خطت خطوها حتى المنتصف، فتساقط الجسر، والعابر، والمعبر، وسلمت مي الجبالي صباحًا أشرطتها للأمن، وتكوَّمت أعضاؤها الآن تمامًا داخل هذا المقعد الواسع الوثير في ركن الصالة، تكوَّرت في وضع الأجنة، ضعفانة هشة وحيدة حزينة منسية مضطربة مصدومة مترنحة، كأن البيت اتسع وابتلعها كالهاوية، تغطس في مشاعر مزدحمة كما رجل فظ

يدس نصفه السفلي في مؤخرة امرأة داخل الأتوبيس، وضعت زجاجة النبيذ على منضدة صغيرة بجوار المقعد وتجرعت نصفها، دخنت سجائر حتى بدا المكان مسرحًا لحريق منطفئ منذ ثوانٍ، دمعت عيناها وانهمرتا سيلًا ثم كسلت أن تصرخ، أو تُجَن، خلعت هدومها قطعة قطعة، مخمورة أو مهووسة، وصارت الآن عارية تمامًا، في لحظة نشبت لوثة أصابت جنًّا، فقرر أن يقلب الكون، مست بطرف سيجارتها طرف رُكبتها فأحرقتها فصرخت، وبكت، لكنها لمست عمدًا بأعلى إصبعها شعلة الولاعة.. ظلت أربعًا وعشرين ساعة لم تسمع فيها أحدًا ولم يهاتفها أحد، ولم يعرها أحد اهتمامًا، في الساعة العشرين كانت قد انهارت، فقد تلقت مكالمة من حسين، لم ترد عليه، تركت «الآنسر ماشين» يتولى الأمر:

ـ لا أحد في المنزل، اترك اسمك ورقم تلفونك بعد سماع صوت الصفارة.

ودوى صوت الصفارة فتكلم حسين:

ـ أيوه يا مي.. أين أنتِ؟ الحقيقة أنا باتصل بكِ كي أدعوكِ لتحضري غدًا خطبتي الساعة السادسة في ٢٣ ش السرايا! في العباسية، آه يا ستي.. البنت التي رأيتِها معي في النقابة، منتظرك غدًا.

وضع السماعة ودوَّت الصفارة أنينًا طويلًا، ثم سكت ثم عاد مرة أخرى بصوته:

ـ آه، نسيت أقول لك حاجة مهمة جدًّا، فوجئت أمس أن الأشرطة
سُرقت.. كلِّميني أحكي لك التفاصيل.

كانت رسالة مقتضبة سريعة متوترة، كأن حسين يتمنى
ألَّا تكون مي في المنزل فيرمي حمله على جهاز «الآنسر
ماشين» ويرفع عن قلبه عبء مواجهة لا طائل منها إلا الألم.
سمعت مي المكالمة فانهارت لأسباب قد لا يعلمها إلا مَن
خبر انهيار ركائزه في الحياة مرة أخرى، زلزال جاء فأطاح؛
منذ اعترف لها خالد زوجها السابق بهذه الاعترافات وهي
تكرهه كراهية صعب أن تتكرر.. كل نقمتها مركزة على أنه
كرَّهها في نفسها.. إحساسها بالتعهُّر، وبأن خالد كان يراها ـ
ولعله لا يزال ـ عاهرة، وبأن هواه وحبه وارتباطه وجنونه بها
وضعفه أمامها وانهيار قواه ورجولته تحت قدميها، لم يكن
كل ذلك كذلك، بل إنها أحست بتعهُّر يتجاوز التعهُّر لمَّا
أدركت أنه كان يعلم أنها خانته بالحس أو بالجنس وأنها
نامت مع غيره، أن أحدًا دسه بين فخذيها، وقبض على ثدييها،
وعرَّاها، وأحاطها بذراعيه، وتأوهت في أذنه، ولعبت بلسانها
في صدره، وتبادلت معه ألفاظًا بذيئة تفرضها وحشية وبذاءة
الجنس وفجاجته.. كان يعرف أنها تفعل، ولم يكن يغضب..
كان رخيصًا، لكنه جعلها أكثر ترخصًا.. خليط من الأحاسيس
المبهمة والبهيمية دار في قلبها من ساعتها كعصير موز في
خلاط، فكانت تتآكل، خصوصًا أن حسن غاب عنها كلية؛

عرفت منذ اللحظة التي تركها فيها على الباب في آخر لقاء، أن حسن أحس أنها أنها خطر عليه وعلى علاقاته، الرجل كان واضحًا من الأول، هي كذلك كانت واضحة، ما بينهما هوس جنسي، صحيح أنها كانت في قرارة صدرها العميق تتمنى أن تتزوجه؛ حياة رغدة وممتعة ومرفهة ومستجابة ومستجيبة، لكنها لم تضع هذا في أولويات أهدافها، كانت تراهن على أنه سيتعوَّدها، أو أنه سيحبها، وفي أحيان أحست أنها هي التي تحبه، لكن جفاف الأيام ومرورها بمرارتها وانسحاب شبقها أو فتور قوة هياجه، كل هذه الأسباب كانت طرح النهر، كانت تأكل وتسلخ من وجدانها.

ربما لهذه الأسباب، كانت مكالمة حسين ورسالته الصوتية لها كآخر ساكن دب على أرض السطح قبل سقوط العمارة. غرقت مي في خمرها حتى تمكَّن منها الخجل، غفلت لعلَّ الغفوة تُنقذها.. فرأت نفسها كما هي الآن عارية، لكن بطنها منتفخ، حامل، نعم، حامل، تقف بجنبها، تضع كفها على بطنها الحامل كمن يستعد لالتقاط صورة، ملامح فزع تسحق المشهد كله، تلتفت فإذا برجل ضخم كجدار خرساني يرفع ساقه ويضربها بقوة بين فخذيها، تتأوه وتصرخ، يعود بركلة من قدمه بحذائه الكبير المدبب ويضربها بانتقام وغل غير مبرر في بطنها، تصرخ وتسقط على الأرض على رُكبتيها مغشيًا عليها، يرفعها بكفيه، تقف متهاوية فيضربها بالعنف ذاته في بطنها، يقفز مع صراخها

الكئيب وأنينها المقصوف، يقفز طفلًا بلا ذراعين، بلا وجه..
وتغيب عن الوعي، أكان الغياب في الحلم الكابوسي، أم في
جلستها على المقعد؟ لكنها تفيق لوهلة، تنتفض، تشعر عنفوان
الحزن في هزَّة رأسه تحت صدرها، تحاول أن تستفيق، تهز
رأسها، تخبط بكفها عُريها، تتجرع كأسًا أخرى من النبيذ، تشعل
سيجارة وتقوم لترقص على أنغام وهمية، تضع كفها على ما بين
فخذيه تحاول أن تستنفر خبوتها، تشعل جذوتها لجنس ذاتي،
تفشل، تهوي، تسقط على الأرض وهي تلهث.. هذا طبعًا أسود
أيام حياتها، فقررت أن تنام هنا وخلاص، يحصل ما يحصل،
ثقُل رأسها فدعت النوم للحضور فحضر، مرت ثانية أو دقيقة
أو لم يمر شيء، ظهرت هي لنفسها في الحلم تفتح باب غرفة،
فترى الغرفة فارغة إلا من حوائط أربعة وباب له نفس شكل
الباب السابق، تتحرك نحوه فتفتحه، فإذا بنفس الغرفة الخالية
الفارغة وتلك الحوائط الأربعة التي تضيق والباب ذاته الذي
يطل، تذهب مندفعة تجاهه تدير قرص بابه، تجده مغلقًا هذه
المرة، ترى مفتاحًا فيه، فتديره، ينفتح الباب، تدخل، تسقط،
ليس تحتها شيء، هي في الهواء تسقط من باب مفتوح على
الهواء في الطابق العشرين من عمارة عالية كأنها تلمس سقف
السماء، تّسقط في الهواء، ترى أعضاء تتناثر أشلاء في الفضاء،
ثدياها أول ما طار، ذراعاها، ذراعًا وراء أخرى، أنفها، فمها،
رجلاها، فرجها.

أتلك شهقتها الصارخة الفزعة، أم صوت آخر ضامر يأتي من مكان بعيد؟ الآن قامت، وترنحت وهي تسير نحو السرير، وحاولت أن تنام بعُريها المفضوح والفاضح، بألمها البشع، بسواد ليلتها القاني القاتم، لعل آخر ما رأت هو وجودها نائمة تحت قطار يمر على قضبان وهي تحته تمامًا تنكمش بين القضيبين؛ مخافة أن تلمسها العجلات الحديدية فتموت، صفراء مشعثة مهزومة مربوطة محلولة مجنونة مهووسة منكوشة مرووشة.. لا تفهم ولا تعرف.. صحت، لا تعرف كم الساعة، قامت مجهدة حزينة كئيبة عارية، لمت جسدها تحت الماء المتدفق ساخنًا في الحمَّام، جففت أعضاءها وجلدها المبلول، تدثرت بثياب طالتها يداها، نظرت إلى الساعة فإذا هي ـ بعد كل هذا ـ الواحدة صباحًا، وضعت جسدها كأنها تحنو عليه بعد جهد الحزن الشرس الدموي، وضعت جسدها على الكنبة ورمت على جسدها شالًا صوفيًا، ثم انتفضت فجَرَت ـ جَرَت يعني جَرَت فعلًا ـ نحو أشرطة الفيديو، وضعت فيلم «يوم من عمري» في جهاز الفيديو، أدارته واسترخت، إنه الفيلم الأهم في حياتها، بل هو حياتها نفسها يوم اختارت أن تكون صحفية، كان هو اليوم نفسه الذي شاهدت فيه هذا الفيلم، ومن يومها وهي أسيرة أحداثه، حفظتها عن ظهر قلب، وأحبت عبد الحليم حافظ وزبيدة ثروت حتى الهوس، وكانت تبكي كثيرًا ـ وما زالت ـ عند سماع أغنية «يوم من عمري» عندما يُسلم عبد الحليم حافظ على زبيدة ثروت في الفندق، وتحت عند

السلالم يراها وهي تنظر إليه ملهوفة عاشقة حزنانة، بينما تلتقفها دادتها ومربِّيتها عند الباب الزجاجي الدائري، وتأخذها وتدخل، ويبقى عبد الحليم وحيدًا يغني: «يوم من عمري هوَّ اليوم اللي اتهنيت فيه.. واللي قاسيت منه، وعليه.. آه.. يوم...».. وكانت في لوعات الألم، وغضبات الحياة من العمل، أو من خالد، أو من الأحبة قبل خالد، أو من العشاق بعد خالد، أو في أثناء خالد، تدير الفيلم، وتغفو مع أغنية «بأمر الحب»، فيأتيها عبد الحليم، لكن في ملابس السبعينيات، وبعدما كبرت ملامحه وانهد حيله. صورة تألفها في حلمها، كأنه خالها أو عمها اللذان لم يكونا قَطُّ.. الآن غفت حقًّا أمام الفيلم كأنها وجدت أمانها أخيرًا، كأنها نسيت هزائمها وأزماتها واحتقارها لنفسها الذي بدا على أسوأ ما يكون حنقًا وأَلَمًا، كأنها تستند إلى كتف أمها تحوطها في ليالي الخوف والفزع من العفاريت، فتجري إلى غرفة أمها لتنام في حضنها وتتركها هي لتنام في سريرها، على صدرها تقول لها: «نامي في حضني يا حبيبتي».

هذه المرة، وعلى غير ما اعتادت الأحلام في انضباطها، جاءها عبد السلام النابلسي متعاليًا كعادته بنفس ملابسه في «يوم من عمري»، وهي ميتة أمامه من الضحك وهو يقول لها بطريقته الخاصة، وترفعه الفريد، وأدائه الإمبراطوري: «إنتِ يا اسمك إيه، أنا سأعمل منكِ معجزة في الصحافة».

وهي تقاطعه مبتسمة غرقانة في الضحك الذي بُح معه صوتها

تقول له قولة محمود المليجي في مشهد من الفيلم، يخيره في المستقبل: «يا إنت تبطل تصوير، يا أنا أبطل صحافة».

خرج عبد السلام النابلسي من الحلم.

خرج الحلم من رأسها.

خرج النوم من جسدها.

خرج جسدها من إغفاءته.

لقد سمعت جرس الباب.. الآن.. يرن.

٢٦

آخر مَن توقعت أن تجده.. وجدته.

ألصقت عينها في العين السحرية، فتصلَّبت وعصفت رعشة بعمودها الفقري، وانزلقت الرعشة نفسها إلى أسفل حتى سابت رُكبتاها، أهو نبضها الذي وقف، أم ذلك الذهول الطاغي الذي تمطَّع داخل عقلها؟ أكان خيالًا من مذاق الخمر وطعم الكوابيس، أم خيالًا تمنته كي ينقذها من براثن الروث في تلك الليلة؟ وضع إصبعه برقة على الجرس ورن مرة أخرى وهي تلتصق بوجهها في الباب حتى ظهرت خطوط على وجهها من أثر خشب الباب المنقوش، ماذا تفعل إلا ما ستفعله الآن؟ استدارت وأدارت مفتاح الباب وفتحت.

ودخل.

كان محمود حلمي!

يرتدي بدلة واسعة أنيقة، من شكلها تكتشف أنه ارتداها في

١٩٥

المحل الذي اشتراها منه منذ ساعة ولم يخلعها، رابطة عنق مزركشة ألوانها، منديل حريري في الجيب، حذاء لامع يقال فيه ما قيل في البدلة، نظارة ذات إطار معدني رقيق ودقيق. لم يفصح وجهه وقسمات ملامحه المنبسطة المضطربة بأنه هارب من غرفة الإعدام في سجن قبل إعدامه بيوم، بقدر ما تفصح تلك الملامح على ذلك الوجه بأنه مُحب، اضطربت مشاعره، وازدحمت عواطفه تجاه فتاة بعيدة لا يلقاها، فقرر أن يذهب إليها في بيتها، ويدعي أمام والدها ـ لو فتح والدها ـ أنه كان يقصد بيت الجيران.

دخل، وظل واقفًا صامتًا وهي أمامه بخطوة أو اثنتين، خرساء تقريبًا، مبهوتة، تفتح فمها تريد أن تتكلم فلا تتكلم، كأننا في نهاية فيلم سينمائي، ونريد أن نعرف هل نجحت العملية وعاد النطق للبطلة الخرساء! وكان محمود مبتسمًا، عند درجة ما من الابتسام تسمح بالانتظار حتى تبتلع هي دهشتها.

ـ كيف حالك يا مدام مي؟

ثم في صوت خفيض يحمل خجل السفَّاحين (...):

ـ وحشتيني يا مي (مي هكذا دون ألقاب!).

استردت وعيها فسألته كأنها كانت معه منذ ساعة:

ـ هربت؟

وهو يدخل ينظر إلى الشقة في استطلاع وفضول.. وشوق مَن رسمها في خياله قبلًا.. رد ببساطة مُتعجلة:

ـ آه.

وقف عند لوحة ملوَّنة لمراكب على الحائط، رَسْم لامرأة عارية بألوان برتقالية وخلفية حمراء قانية وبياض جسدها محمر سمين، لمس بأصابعه في رقة فازة صينية، وقطف ورقة من وردة ذابلة، وضعها في فمه، رفع رأسه إلى نجفة نصف مضيئة، جلس على أريكة، جرَّب الجلوس، وجرَّب متانتها، وقام مرة ثانية، مشى حتى وصل إلى غرفة السُّفرة، جلس على رأسها كأنه رب بيت، وتبادل نظرة خاطفة مقصوفة مع عينَيْ مي التي سلَّمت توترها لعلبة السجائر، واستغرقها التدخين المرتبك الناري.. أمسك بصورة فوتوغرافية لها داخل إطار فضي كبير، وهي تنظر ضاحكة إلى شخص ما يصورها، تأمل وجهها وملامحها، دار بإصبعه على نقوش الإطار الفضي، ثم حرك إصبعه نفسها على نتوءات شعرها ورسمة حاجبيها، وفتحتَي أنفها وشفتيها، يصعد مع صعود الشفة ويهبط مع نزولها الآمن، ثم لف بإصبعه حول ذقنها كأنه يمسك بها حقيقة.. ذهب إلى المطبخ كأنه يعرفه، بدأ يعد كوبين من الشاي، وقفت هي بالباب مُستغربة قلقة، تضع قدمها خلفها على الجدار وترقب حركاته، التفت إليها مبتسمًا:

ـ أما زلتِ مضطربة!

قالت بسرعة:

ـ آه.. طبعًا.

يصب الماء الساخن على حبات الشاي في قاع الكوب:

ـ اطمئني.. لن يمسكِ أحد بسوء.

ـ أنت السوء يا محمود يا حلمي!

اندهش من الإجابة وأمعن في ملامحها فاحصًا:

ـ لا أفهم!

أطرقت برأسها مذنبة ومترددة:

ـ ولا أنا!

أعطاها كوبًا وسبقها إلى الخارج، مشى في الردهة، ثم عاد مسرعًا وهي ما زالت على وقفتها، ووصل إلى باب غرفة النوم المفتوح، دخل، الدولاب والتسريحة والسرير، دار بعينيه عليها، ثم جلس على السرير وهزه بمؤخرته، ووضع الشاي على الكومودينو المجاور تحت الأباجورة، وفرد جسمه على المرتبة وهو يكرمش الملاءات والأغطية بحركة ساقيه المهرجة التي تهز السرير كله وهو سعيد فَرِح.. كانت قد وصلت إلى باب الغرفة، ووقفت من بعيد. قال لها وهو نصف نائم على السرير، يسند ظهره إلى مسند السرير العالي:

ـ ما أجمل الشعور بالأمان! لكن مَن يجد هذا الشعور، ومَن يرى هذا الأمان في هذا الزمان؟ أهي زحمة الحياة التي تصدم بأكتافها معنى السعادة، أم هو فراغ الحياة الموحش الذي يُودع نزلاؤه غرف الجنون؟

قالها كمن يُلقي قطعة محفوظة، ثم في نهايتها صرخ مهللًا:

ـ آه.. هيه.. لم أخطئ في أي حرف!

هي مندهشة ومتراجعة، أغمض عليها الموقف وتعرَّفت على هذه الكلمات.. عاجلها بقوله:

ـ هذه مقدمة مقال لكِ في مجلة «نورس» النسائية حفظته كله، هل تريدين أن تسمعي مقطعًا آخر من مقال يعجبني جدًّا؟ أقول لكِ...

وبدأ يردِّد كلماتها:

ـ «يركض الناس وراء حلم، وحين يلتقونه لا يعرفونه». جملة سمعتها في فيلم فتوقفت عندها، وسألتُ هؤلاء النجوم الذين تقوم من أجلهم الدنيا وتقعد: «ما أحلامكم التي لم تتعرفوا عليها حين التقيتموها؟!».

مشت من باب الغرفة، وخرجت، لم تعد تحتمل تلك الحرب، نعم بدَّد وحدتها، وطارد حزنها، وطارد جنونها الليلة، لكنه أخذها إلى بئر أخرى عميقة ومضللة، كان وراءها الآن مسرع الخطو:

ـ هل انزعجتِ؟ اعتقدتُ أن حفظي مقالاتكِ شيء يُسعدك!

في الردهة واجهته تمامًا:

ـ ماذا تريد يا محمود؟ كيف هربت؟ ولماذا أنا؟ ومَن أنت؟ ومَن وراءك؟ ماذا تريد مني؟

قالها ولعًا مولعًا ومندلعًا فيه ولوع نار:

ـ أريدكِ!

طريقة أدائه، وضعف دخيلتها، وحزنها السقيم، وجسدها المضطرب، كادت معه تحن وتئن وتُقدِّم نفسها له... في وهلة

أحست أنها بذلك تضع خاتم النسر على رخصة دعارتها، فاضطربت فوق موج بلا آخر، ضربته على خده صفعًا لا يؤذي ولا يداعب. أطرق وسكن، ومضت هي تركض إلى مقعدها في الأنتريه. لحظات وجاءها ووقف قبالتها جادًّا:

ـ هربتُ منذ ساعات.. منذ اليوم الأول لي في السجن، كان من الممكن أن أهرب، بل هناك مَن فتح لي الباب ثالث يوم وجودي في السجن، وقال لي: «متى تُقرِّر الهروب يا محمود قل»، ومضى. كان جنديًّا أو ضابطًا لا أتذكَّر، لكن عرفت أنه ممكن، وربما مطلوب وقتها، وسكتُّ، لم أكن أرغب ساعتها في الهروب، لقد وعدوني بالخروج، وأن شيئًا لن يؤذيني، ولن أُعدم ولو انقلبت الدنيا، فلماذا أهرب؟ أمس الأول ومنذ منعوكِ عني عرفت أنهم خانوني، رغم حكم الإعدام كنت أشعر أن الاتفاق بيننا سارٍ، لكن ربما أخللت أنا بالشروط حين تكلَّمت معكِ فتركوني للإعدام، أول ما أدركت وعرفت سحبت أموالي من مخبئها، عشرون ألف جنيه كلَّفني هذا الهروب، تقاسمَتها أيدي العساكر والصولات، جاءني الأفرول العسكري، ارتديته في المساء، خرجت مع قرع خطوات العسكر على بلاط السجن والأسفلت الصلد، كنت ضمن وردية العساكر التي تتبدَّل في الليل، كلهم كانوا يعرفونني، وكلهم سكتوا، ركبنا السيارة، وصلنا إلى البوابة، الكل كان يعرف، وكان

يتجاهل، الكل تقاضى أو تغاضى، حتى سحبت السيارة عجلاتها فوق الأسفلت خارج السجن، تاركة الأضواء المثبتة، والكشافات، والمصابيح، وأبراج المراقبة، وطوابير التمام، ودوريات الحراسة، وسعال السجناء، وقبور الزنازين الانفرادية، وصوت التلفزيون في مكاتب الضباط، وأغاني أم كلثوم من أجهزة الراديو البعيدة، هربت كي لا أموت، وكي أراكِ!

في ليالي السجن وفجر النهارات الطالعة لم أكن أنام، وكنتِ أنتِ الوحيدة التي أحلت روحي منذ ظهرتِ، كان قفر الأيام ووحشيتها ومللها وضيق النفس وأنفاس الموتى، فلما ظهرَت عيناكِ تفتحَت عيناي على شيء جميل أذكره وأتذكره، كنت ألاحق حياتك، كتاباتك، صورك، وكنت أرسمك في قلبي كل يوم، بالمناسبة، أدخلت السجين الرسَّام زنزانتي ورسم صورتك بالألوان على الحائط كله.

تحسَّبت مي حركته، لكنه كان وديعًا وطيبًا ومُغرمًا إلى حد العشق غير المحسوب، اقترب منها وجلس على الأرض قبالتها مقرفصًا كعمال محالِّ الأحذية، وأمسك بقدميها، خلع عنهما جوربيهما الصغيرين الصوفيين، وهي مبهورة مسلوبة وسلبية (ربما كانت تريد ذلك، أظن)، ومرَّغ وجهه في قدميها، قبَّل أصابعها بلمسة شفاهه إصبعًا إصبعًا، وضع أنفه وشفتيه وذقنه في

بطن قدميها، نام بخده عليهما، طفرت دموع الشوق واللوعة من عينيه، لمست مي بأصابعها شعره، وعبثت فيه كمن يُدلل طفلًا، وفي عذاب عذب قالت:

ـ هيا بنا نبحث عن مكان نجلس فيه ونُكمل حكايتك يا محمود!

نهضت وقد تراجع برأسه ناظرًا إليها وهو يبتسم قائلًا:

ـ هل تخافينني؟

وهي تبتسم وتسير نحو الردهة:

ـ طبعًا.. أنت سفّاح وقاتل.. إياك أن تنسى.

قال مُستنفَرًا وصوته يعلو:

ـ القتل ليس روحًا تنقطع وتطلع إلى السماء فقط، هناك مَن يقتل دون مسدسات!

من غرفة النوم جاء صوتها عاليًا واضحًا:

ـ صح.. لكن أنت قاتل بالأمرين معًا، بالمسدس وبغيره.

ثم ظهرت أمامه الآن في ملابس الخروج.

ـ متى سيطاردونك ويبحثون عنك؟

في جدية سألت، وفي صرامة أجاب:

ـ أمامنا ساعتان، وبعدها ستنقلب الدنيا.

كان رذاذ المطر سائلًا سائرًا في الأزقَّة والشوارع والأمكنة، وكانت الطرق خالية خلو الشتاء من رائحة الدفء، وبحيرات الماء الصغيرة المتجمهرة في الجوانب وتحت الأرصفة تملأ الأسفلت اللامع بضوء مخلوط بماء، الساعة قاربت الثانية صباحًا، فمن ذا الذي يمشي في الشوارع أو يسكن المقاهي الآن، سوى الحزانى والمحزونين، والقلوب المرتجفة بوحشة تبددها زحمة الشوارع بأنفاس الحياة؟ هبطت مي من السيارة، وبينما كانت تغلق بابها، أغلق محمود بابه سريعًا، ووقف ينتظرها عند مدخل مقهى صغير في زاوية داخل شارع قصر العيني؛ مقهى يسهر إلى الصباح مُتصلًا أربعًا وعشرين ساعة من الركض وراء طلبات الزبائن، المقهى واسع من الداخل، عكس ما يوحي مدخله، ومعظم الوجوه القليلة من ملامح الأجانب الصعاليك.

لم يلتفت ولم ينزعج محمود لوجود أمناء شرطة يمسكون بأجهزة اللاسلكي التي تصدر بين الحين والآخر صوتًا آمرًا، أو بلاغًا مُتعجلًا، الأمناء مسترخون آمنون يشربون شايًا بالحليب، ويلعبون دورًا متأملًا في الدومينو. إلى ركن بعيد صامت، ضوؤه خفيض خفيف، اتجه محمود وهو يشير إلى مي التي جلست وقد أحسنت اختيار فستانها الطويل، فجلست ساقًا على ساق، وأخرجت شريط الكاسيت ووضعته في الجهاز الصغير الذي مدَّته ناحيته.. كان الجرسون يتابعهما من اللحظة الأولى، وبمجرد جلوسهما، كان يقف أمامهما ينتظر طلبًا وملامح النوم تحتل وجهه، طلبتْ شايًا بالحليب ـ رأته مي في أيدي الزبائن فراقها مطلبه ـ وانتظرت أن يتحدث محمود لكنه ظل صامتًا متأملًا في عينيها كمَن غفا غفوة، كان قلبها لا يزال وجلًا واجفًا، ورغم أمان المكان الذي جالست فيه محمود حلمي فإن نبشًا عميقًا يجري بأظافر قلقة بداخل صدرها، سألته:

ـ أتريد أن تتكلم الآن؟

مُطرقًا مسحوبًا في تفكير آخر، في طريق آخر، قال:

ـ نعم.

بهدوء وتعجُّل معًا، وفي لهجة آمرة مندفعة أصابها ضجر مُبهَم فجأة:

ـ إذن احْكِ.. أو الحَق اهرب.

هز رأسه كمن يطرد ماء على شعره ومضى فحكى:
ـ كنت أركب مترو مصر الجديدة في عربة فارغة، تقريبًا فيها راكبان أو ثلاثة، كنا في صباح باكر على غير عادة خروجي، لكن ربما يومها كان الزهق قد تَمَكَّن مني، كنت أفعلها كثيرًا، آخذ الخط من أوله إلى آخره، وأحيانًا لم أكُن أنام الأيام بطولها إلا في غفوات تطول وتقصر داخل عربات مترو مصر الجديدة، كنت جالسًا أحملق إلى لا شيء، أيامها كانت مديحة قد ظهرت واختفت مرة أخرى في حالاتها الغريبة من الذهاب والإياب، وكنت أنتظرها أحيانًا بلا موعد، فإذا بها تطرق بابي وتنام معي أيامًا ثم تخرج ولا تعود شهورًا، وتعوَّدتُ ألَّا أنشغل؛ لأنني تعلَّمت ألَّا أحب.. الجنس بيننا كان دمويًّا وشريرًا، وكان يكفي كثيرًا البعض الصيام بعده.. هكذا كانت وصارت مديحة معي منذ عرفتها وحتى غيابها الطويل بعد شهرين من سجني، المهم لم يكن يشغلني شيء في عربة مترو مصر الجديدة حينما لفت أحد الركاب نظري إلى سيارة مسرعة تسير بمحاذاة خط المترو، في الشارع الطويل، وتنحني مع انحناءات المترو وتصعد الكباري فتختفي ثم تعود إلى محاذاة المترو، كان سائقها الشاب يلوح لي بيده، نعم، كان يشير إليَّ أنا، اندهشت ووقفت أنظر من النافذة أتابع السيارة تبطئ حينًا فيسبقها المترو وتسرع فتلحق به، أطلَّ رأس الشاب من السيارة في الإشارة حين وقف المترو لتمر السيارات، كان

ضاحكًا مقهقهًا وناداني بصوت عالٍ تبينته فورًا: «يا محمود يا حلمي»!

كان هو نفسه عادل، فقط بعض الأناقة، بعض ملامح الرجولة، سيارة مفاجئة، هبط من السيارة ووقف بجوار الباب.. يشير إليَّ ضاحكًا وممسكًا بمنديل يرفرف في هواء نسيم الصيف.

«انزل ياله».

انطلق المترو بضوء أخضر لمع فجأة، تابعت بعيني وقفة عادل، وتعطُّل المرور، وخناق السائقين في سياراتهم الواقفة معه، كان المترو يبتعد، وتبدو السيارة هناك يتضاءل مشهدها، لكن عادل كان قد ركب وهو يسب الآخرين قطعًا ويقود السيارة مسرعًا، تقترب، وتدنو، وراكب معي في نفس عربة المترو، من أولئك الرجال الذين خرجوا على المعاش فانشغلوا بالتعليق على أحداث الكون، ابتسم وهو يدلي بحكمته: «صاحبك مجنون، انزل له المحطة القادمة».

حين وصلت سيارة عادل إلى محطة المترو كنت واقفًا في انتظاره، بدلة بيضاء احتوتني في بطنها، لقد كان عادل نفسه لم يخفِ شيئًا من رعونته وغموضه، ركبتُ معه السيارة، وبادرني بالسؤال: «ما رأيك في هذه السيارة؟».

رددت عليه واضحًا وحادًّا: «من أين سرقتها؟».

وبشكل طبيعي كأن السؤال طبيعي: «لم أسرقها.. أخذتها تخليص حق».

التفتَ مُتحمِّسًا: «تحب تجربها؟».

لم أُجب، ولم أتحمَّس لحماسه، فعاجلني باقتراحه: «نطلع الصحراء؟».

واستدار في أول ميدان، واتجه إلى شارع صلاح سالم، وعرفت ساعتها فورًا أن الأمر كله ليس صدفة، وأن الصحراوي له ما بعده، صمت وأنا أتفحَّص خلجات وجهه لأدرك في أي إيماءة يكذب، أو بدقة في أي إيماءة يصدق. خبط فخذي بقوة: «يعني لم تسألني عن أخبار ماما!». نظرت في الشوارع التي تمضي في هذا الصباح أمام عيني مسرعة كأنني أطاردها: «صحيح، ما أخبارها؟».

«عملت عملية سرطان الثدي.. ومن يومها وقد انهدت، لو رأيتها الآن لما قلت أبدًا إنها هي نفسها منذ سنين، إنها لم تنسَ مُطلقًا يوم ما رحت لها ووضعت مسدسك في رأسها من أجلي».

وانفجر في ضحك. أوصلَنا إلى الطريق الصحراوي، وفي لهجة عفوية خاطر ليس فيها أي عفوية خاطر: «تعالَ معي إسكندرية.. أقول لك، اجعلها مرسى مطروح».

في الطريق إلى مرسى مطروح توقف عادل كثيرًا في استراحات أكثر، في كل مكان كان كأن الجميع يعرفه،

أجرى مكالمات تلفونية كثيرة في كل محطة نتوقف فيها، وعندما ألمحه يشير إليَّ بذراعه مبتسمًا، في السيارة أفرغ زجاجات براندي في جوفه تكفي زبائن خمارة في ليلة، ولم أرَه مخمورًا، كان يحاول الضحك والتهام الوقت والتعبير عن حبه لي، وكيف فرَّقتنا حكاية زاهر ليبيريا، وأنه آثر أن يختفي قليلًا من حياتي لأن العين كانت عليه.. ضحك وقال: «لكن حلوة حكاية جنان مرسى مطروح هذه.. يوم ولَّا اتنين نذهب إليها».

في مرسى مطروح لم نهدئ أعصابنا، ولم نتكلم في كل أخبارنا. أقمنا في فندق وعلى الشاطئ في غرفة تطل على البحر مباشرة، كان عادل يتولى الإنفاق ولم أعرض عليه المشاركة، ولم يمثل له الأمر أي قلق، طول الوقت كان يشرب البيرة أو أيًّا من أنواع الكحول، ويضاحك الجرسونات ويعاكس الفتيات، ويذهب إلى حقيبة سيارته الخلفية يفتحها، كان بها مئات الكتب الصغيرة من ألغاز «المغامرون الخمسة»، و«الشياطين الـ١٣»، و«رجل المستحيل»، وكل هذه السلاسل الخاصة بقصص المغامرات الموجهة إلى الصِّبية، كانت حقيبة سيارته مخزنًا واسعًا تكدست فيه هذه الكتب كأنها كنزه، يأخذ نسختين أو ثلاثًا من هذه الألغاز ويقضي عليها قراءة في ساعتين ثلاثة، يعيدها أو يغيرها، كان هذا الوضع يتم يومًا واثنين وثلاثة، وكنت أنا بين أمرين:

أشاهد محطات التلفزيون، وأجلس على البحر من الشروق حتى الغروب.. في اليوم الأول لم يكن ثمة أكثر من مرور الوقت، في اليوم الثاني غازلتني شابة قادمة لصيف هائج، لم أمانع في أن تشغلني بقية يومين آخرين بين المناوشات الجنسية والاشتباكات المتعجلة التي تحرص فيها على دوام عفة زائفة.. في صباح يوم أخير، جاء عادل فجأة، وجلس على مقعد جواري تحت الشمسية، وقد وصلت مياه الموج حتى غطت رُكبنا تقريبًا، كان يمسك بكتابين من ألغازه مرة واحدة، لعله أتم الصفحة الأخيرة من أحدهما، فالتفت إليَّ وقال ما كان يريد أن يقوله منذ أشار إليَّ في المترو:

«الجماعة يريدونك».

«أي جماعة؟».

في هدوء كأنه ينفذ أمرًا ينفض منه ليعود ليقرأ لغزه: «مشكلتك أنك لم تسألني عن أمي بما فيه الكفاية، لقد توطدت علاقتنا المتوترة أساسًا والمحمومة منذ فترة، منذ يوم إجراء العملية، ويومها عرفت أن أمي الممثلة القديمة المتصابية ذات العلاقات المتعددة المُقرفة أحيانًا، كانت على علاقة بجهة مهمة، تعمل لحسابها أحيانًا كصديقة، كعميلة، ليس مهمًّا، المهم أنه منذ أسبوعين جاء ضيف لأمي، جلس معها قليلًا، ثم قامت هي ودَعتني لأجلس معه: الرجل يريدني؟ تساءلت واندهشت واستغربت، لكنه

بدماثة شديدة طلب مني أن أراك وأن أفعل معك ما فعلته هذه الأيام، وأن أدعوك للقائهم، يريدونك لأمر مهم».

قام عادل وأعطاني ظهره وهو يقول: «لو تحب نعود لمصر اليوم فلا مانع، سأُنهي هذا اللغز ونسافر بعده مباشرة».

٢٨

ـ «هل تحب عادل؟».. كان أول سؤال يوجهه إليَّ هذا الرجل الحاسم الطويل، العريض، الجرم، بعينيه الخضراوين، وشعر أصفر خفيف، في مكتبه الواسع في هذا المبنى المهيب الغامض الذي ناوشتني ردهاته ومكاتبه وجدرانه منذ دخلت وطلبت هذا الاسم الذي قدَّمه لي عادل.. إجراءات كثيرة عسيرة ومملة، حتى جلست أمامه وطلب لي شايًا وقدَّم لي سيجارة فرفضت، لمحت الدبلة الفضية في يده اليسرى، ومسبحة على المكتب، وصورة رسمية على الحائط، وجهاز كاسيت في الركن تحت تكعيبة من خضرة متسلقة على حبال رفيعة بيضاء مربوطة في مسامير مدقوقة في الحائط.. تقدَّم وهو يساعدني متجهًا نحو ثلاجة صغيرة أخرج منها زجاجة مياه معدنية، فض غطاءها وأعاد السؤال مرة أخرى: «هل تحب عادل؟».

أجبت: «هل هذا سؤال مهم؟».

سألني: «أنت ما رأيك؟ هل هو مهم أم لا؟».

ثم عاد وأمعن نظره في عيني: «ربما ليس السؤال مهمًّا.. الإجابة هي المهمة».

كانت لهجته آمرة وكاشفة، ومن اللحظة التي بدا فيها داخل قوة مكتبه، كان يحتمي بثقته في نفسه (عالية أكثر من اللازم)، وكان يملك في يده معلومات يراها كافية في إرغام مَن يريد أن يُرغِم، من المؤكد أنه كان يعرف كل ما مضى مني وعني، لذلك فقد تعاملت كأن ما يعرفه ليس مهمًّا أو على الأقل لا يهمني.. أطرق وهو يسأل: «هه.. هل تحب عادل؟».

أجبت في وضوح كامل وبلا لف أو دوران: «أنا لا أكرهه».

ثم بعد صمت وإلحاح من عينيه: «كما أنني لا أحبه».

كمن كان ينتظرها، وفي تدفُّق مَن يعرف أن أحدًا لن يوقفه: «طبعًا أنت تعرف أننا نعرف كل حاجة».

«أكيد».

«إذن نختصر الوقت، نحن نريدك في مهمة عاجلة وسريعة، شخص أجنبي يقيم في فندق «سميراميس»، نريده ألَّا يغادر مصر».

«لماذا؟!».

ابتسم الرجل وهو يكور قبضته في حركة ربما اعتادها.

«حلو السؤال، رغم أنه ليس شغلك».

ابتسمت بنفس الصفراوية التي لاحظتها فيه: «هذه المهمة ليست إجبارية يا فندم.. أنا متطوع، ومن حقي أن أوافق أو أرفض، وإلا فبدل الواحد لديكم ألف».

ضحك وقال بسرعة: «لا.. لا يوجد كثيرون مثلك.. أنت مخلوق لهذا يا محمود يا حلمي».

خبطتُ مسند المقعد: «سيغضب من هذا الكلام علماء النفس الذين يرون أن المجرم ابن مجتمعه وبيئته وليس مولودًا بإجرامه».

استند هو إلى حافة مكتبه ووقف قبالتي تمامًا وقال: «وأظن أن علماء آخرين يرون أن الكارثة حين يكون الشخص مولودًا بإجرامه، ثم تساعده بيئته ومجتمعه».

في برود وثقة قلت: «هذه مدارس يا فندم.. المهم أنني أريد أن أعرف».

«مَن؟ الرجل الذي سوف تذهب إليه؟».

«نعم».

«ضابط أمريكي، يتجسَّس علينا، وحصل على معلومات نراها مهمة، ولا نستطيع أن نقترب منه، لأنه هنا في زيارة عاجلة رسمية ودبلوماسية، لو عسكري مرور وقفه في إشارة فقد تنتهي بأزمة سياسية».

«والمطلوب؟».

«هو مسافر غدًا».

«والمطلوب يا فندم؟».

«أبدًا.. حاجة بسيطة للغاية، طائرة الأمريكي ستقلع في الثالثة عصرًا، هو سينزل من غرفته في الفندق ليتناول إفطاره ويشرب قهوته المعتادة، ثم سيصعد ليحزم حقائبه ويطلب تاكسي «ليموزين» من الفندق يقله إلى المطار، لن يستقبل أحدًا قبلها، سيركب ويمضي إلى المطار.. خلاص.. مع السلامة».

«في المطار؟».

«لا، في الفندق».

فتحت فمي مندهشًا بينما واصل هو: «ستفطر معه في نفس المكان، ثم ستُخرج مسدسك وتطلق الرصاص عليه. سيموت، وسيقبض عليك أمن الفندق، وسيحقق معك، وسيثبت أنك مختل نفسيًّا، وستذهب إلى مستشفى الأمراض العقلية، وفي الطريق إليها بالسيارة ستسافر، ستختفي في شخصية أخرى».

شعرت بسؤال يملأ صدري فقلته: «لكن لماذا يقبض عليَّ أمن الفندق؟ لماذا لا أهرب؟».

في قوة الحُجَّة الجاهزة: «لأننا لا نريد ذيولًا، ولا نريد إحراجًا ولا إلحاحًا ولا مطاردات صحفية.. هي هي جريمة قتل فيها القاتل والمقتول والشرطة، والتبرير الجاهز ونخلص. ثم

ما أريد أن أطمئنك عليه، أن كل الدنيا بمن فيهم الأمريكان سيعرفون أنك غير مُتخلف ولستَ مجنونًا، ولكنها شروط اللعبة يا عزيزي».

صمتُ تمامًا، وحدقت إلى فراغ هائل أمامي وهو لا يزال في وقفته الماثلة الآمرة معًا.. همس: «لقد أعجبك الموضوع».

في فرح فخور: «جدًّا».

ضرب المكتب بكفِّه مندهشًا ثم عاد إلى هدوئه: «لاحظ أننا نتحدث عن الغد صباحًا».

«ليكُن».

«لا أحد يعرف يا محمود.. عادل نفسه لا يعرف».

وأنا أقوم عن المقعد أخيرًا: «ما أريده فقط ألَّا يخل أحد بالتزامه، وإلا ...».

ثم بحسم آمِر ناهٍ: «لا تكن غبيًّا، اصبر ولن تخسر أبدًا».

كنت في الصباح التالي في طريقي إلى الفندق نفسه، كان المسدس بين حزامي وبطني، ومع ذلك عبرت البوابة الكاشفة عن الآلات المعدنية، كان الفندق عاديًا في صباحه المبكر، أفواج سياحية تستعد لبداية يومها السياحي، أمن مسترخٍ، عمال الفندق في أزيائهم التقليدية، «عالَم رايحة، وعالَم رايجة، وعالَم رايقة».. عرفت مكاني فذهبت إليه، ليلتها حفظت الصورة تمامًا، وكنت على يقين من أنهم يراقبون أيضًا، جلست إلى

المنضدة التي طلبوا مني الجلوس إليها، وطلبت إفطارًا، فإذا به يأتي ليجلس أمامي تمامًا، إنها مائدته المعتادة إذن، وهل يتورط رجل في أن يعتاد عادة ومكانًا؟! لعله الاسترخاء أو الاستشفاء.. نظرت حولي ودم يتدفق في رجرجة وقرقعة ودوي هائل إلى رأسي، كان يغلي دم ويفور، وحالة من صياح الشبق أو روح الجنس، كان المني يرحَّل من الخصيتين كلية إلى العضو، كانت قوة تجتاحني وقوة تعتصرني، أحس أنني الأقوى أو الأعلى، أشعر بي وقد حلقت وصعدت، سواد الوجود كله يرحل عني وأتشفى فيه، أحتقر الجميع وأتعالى وأتعاظم وأتأله، يدي تمتد إلى المسدس، تُخرجه من تحت المنضدة ثم أجول ببصري، ها هم أولاء ستة أو سبعة أشخاص في المكان يجلسون يحتسون الشاي والقهوة ويثرثرون، رجلان على هذه المنضدة أحدهما شاب يتضح شبابه من ظهره، وآخران متوسطا القامة والسن، ورجل يحيط بخصر امرأة على الصُّبح، وسحنات بعضهم عربية أو مصرية أو أوروبية، كان قيامي من مقعدي كمن يصعد مثل روح المسيح إلى السماء، نزعت المفرش من فوق سطح المنضدة فاندلقت الصحون والأكواب، فرفع الضابط الأمريكي رأسه منتبهًا، فأطلقت فورًا ثلاث طلقات رصاص مزقت قماش المفرش ومزقت رأسه،

إذا اخترقته رصاصة، واثنتان في العنق الذي تناثر دمه لهبًا قانيًا على صدره.. صرخات فزع مَن حولي لم أحسها، بل تمكنَت مني قوتي، وأطبقتْ على صدري أحاسيس القوة الطاغية الإلهية، فلم أجد روحي إلا وهي تمسك بتلابيب نشوتي، وأُطلق الرصاص على الجميع، دفعات متدفقة من المسدس أطاحت بأذرع وسيقان وصدور وموائد وأكواب وزهور وزجاج نوافذ وحوائط... وفجأة اشتعل المكان بالموت وتهافُت الجثث وصرخات وتأوهات وفوضى، وكنت ألمح رجال أمن الفندق وهم يجرون ناحية المكان من الردهات والطرقات والغرف الجانبية بزيهم المضحك، وخوفهم الفزع، ورعبهم المرتجف، وتلك المسدسات تلوح في أيديهم وتبدو كلُعب أطفال.. كانوا يأتون على وجل وفي هوان وضعف واستسلام لقدرهم، بينما شغلني مشهد واحد خطف بصري، واقتصَّ من نشوتي ولذتي وعَظَمتي، كان المشهد لجثة عادل الملقاة على الأرض غارقةً في الدم بين الجثث.

ما تبقى من القصة يمكن أن تعرفيه أنتِ بسهولة.

قال لها محمود هذه الجملة وهو يُلقي بالدخان من فمه، ثم يضع مبسم الشيشة جانبًا وينهض كمن أدى دوره على خير وجه.. ظلت مي جالسة وقد رأت النهار في الخارج يتنفس، كانت الدهشة بالحيرة بالمتاهات هي تلك الأحاسيس التي نهرتها مي

في صدرها كي تبدو قوية، كان ما يحكيه محمود حلمي شيئًا محكومًا عليه بالكتمان. كانت تلح في معرفة تفاصيله، كأن وجع قلبها، ودهشة عقلها، وعجز حيلتها، فرض كفاية تقوم هي به فيسقط عن الأمة.. مشى محمود حلمي فعلًا وحاسب الجرسون، وأسرعت هي الخطو خلفه، حيث استقبلهما النهار الجديد، اتجهت إلى السيارة التي غطاها المطر المنهمر، كأن المطر كان ينتظرهما.. اندفاعات من سيول المطر وحبات اللظى الصغيرة، رمت مي بنفسها في السيارة، وأعملت المساحات، وفتحت الباب من الناحية الأخرى.

نادت محمود أن يركب، فركب وقد ابتل بماء لم يدع فرصة كي يجف.

قادت السيارة صامتة لا تعرف وجهتها، لكنه أمهلها ثانية واحدة، رجاها أن تتوقف هنا ثانية واحدة، هبط وهو يضع يده ليحجز المطر عن عينيه، واختفى في زقاق ثم عاد مسرعًا ومعه جرائد الصباح كلها تقريبًا، وقد أغرقها البلل، وهو يحاول أن يداريها تحت جاكيت بدلته.. مي استغلق عليها الأمر وغمُض وتعقد، فطردت إحساسها، وقررت أن ترمي نفسها في سرير دافئ، تقاوم الآن توترها، ورغبتها في النوم، وإعياء أفكارها، وأعباء مسؤوليتها، وغرابة ما عرفت ومعرفة ما استغربت.. جلس بجوارها محمود حلمي، ووضع الصحف على فخذيه مبلولة ومبلولًا، وتنهد وقد أحس راحة مَن غطس في المقعد،

حتى وقفت بالسيارة عند بيتها، اكتشفت فعلًا أنها غفلت لدقيقة تقريبًا وهي تقود السيارة، نامت، دقيقة دهرًا عبرت عليها، الطريق طويل وخالٍ في صباح شتوي مثل هذا، والحياة تمر بلا إشارات خضراء أو حمراء، والتعب هدها، والعبء أعياها، فنامت وصحت كأنها نامت مائة عام، مطالَبة بأن تنظر إلى شرابها وطعامها كي تتأكد أنه لم يتسنَّ، فنظرت إلى محمود حلمي فوجدته باستقامة نظراته إلى الزجاج المبلول، ووضع يديه على الصحف، ويقظته البادية في لمع عينيه.. نزلت من السيارة ونزل هو معها، أغلقت الأبواب متعجلة هروبها من المطر المنهمر، رؤيتها لعمارتها وباعة اللبن وصحوة البواب والجارة العجوز التي استيقظت مبكرًا، فجلست في البلكونة خلف الشيش، تراقب المطر، تختلس نظرات إلى الشارع، وسيارة إحدى المدارس القادمة تنتظر نزول طفل ليلحق بالمدرسة... دفعها ذلك كله إلى الرعب، شعرت بأنها مرعوبة من القاتل السفَّاح الذي التصقت بأنفاسها جرائمه، وشعرت بدم قتلاه على صدرها، كان النزاع قائمًا بضراوة بين الضعف تجاهه والرعب منه، بين فضولها ولهفتها على المعرفة ثم التمرد، وخوفها من مشاعره، من تجرُّئه، من قدرته على أن يعريها معظم الوقت، ويجعل من رعبها رغبة أحيانًا.. وقفت عند مدخل العمارة، ثم التفتت إليه، واقفًا لا يزال عند سيارتها، نجت من سيل المطر بينما هو ببدلته

وجرائده واقف يتلقى الماء نهرًا على رأسه وكتفيه، وقوفه في نهار مضبب، وتصلب غريب، وصمت استثنائي، أثار جنون سؤالها فزعقت فيه:

ـ مالك؟!

لم ينطق كمَن خرس.

فوجدت نفسها بغباء اندفاعها المعتاد تعود إليه تحت المطر وسألته:

ـ مالك؟! هل تريد أن تخيفني؟ أنا لا أخافك.

نطق محمود:

ـ يا ليتكِ تخافين.

خبطها القلق على أم رأسها فأيقظ كل توترها في نوبة صحيان فزِعة.. وأكمل محمود والبلل يعصر شفتيه ويعطل حروفه أحيانًا:

ـ المفروض الآن أن أوصلكِ حتى شقتكِ، وأعود فأدخل، ثم أحضنكِ بين ذراعيَّ، ثم أدفعكِ من بلكونة شقتكِ في الدور السابع لتسقطي وتموتي.. ويقولوا إنكِ انتحرتِ.

تبددت مي تمامًا، غابت روحًا وجسدًا، وخارت يداها، وتجمَّد قلبها، ليُحدث معجزة طبية عالمية أن يحيا آدمي وقلبه توقف، تعطَّل عن النبض، لم تكن مرعوبة، فهي لم تكن موجودة.. أضاف وهو يفتح الصفحة الأولى من الجريدة المبللة الطرية والمطوية، فإذا بصورته منشورة وتحتها عنوان عريض من سطرين:

تنفيذ الإعدام
في محمود حلمي

ثم قرأ أول سطر في الخبر:
جرى فجر أمس تنفيذ حكم الإعدام في السفَّاح
المشهور محمود حلمي، الذي...
ثم توقف عن القراءة، وواصل كلامه:
ـ كان هذا هو الاتفاق؛ أن يتركوني أهرب، وأن أقتلك لأغلق
ملفي إلى الأبد. المشكلة أنني لا ألتزم، دائمًا أخرق اتفاق
وقف إطلاق النار بيني وبينهم...
يا ليتك خِفْتِ مني!